AF189671

Über dieses Buch

Erlebnisse, die tatsächlich passiert sind. Imaginationen, Flugträume, Wiedersehen und Widerfinden, wundervolle Heilung, Telepathie und theologische Diskussion.

Die Autorin

Erica-Laurence Schneeberg, wurde 1944 in Zürich geboren und lebt und arbeitet bis heute dort. Sie ist Musikerin in ihrem ehemaligen Beruf, schreibt heute Prosa, und illustriert diese.

Erica-Laurence Schneeberg

IMAGINATION

Unfassbar, und Erstaunliches

Bibliografische Informationen der Deutschen Nationalbibliothek: Die Deutsche Nationalbibliothek verzeichnet
diese Publikation in der Deutschen Nationalbibliografie,
detaillierte bibliografische Daten sind im Internet über
http://dnb.dnb.de abrufbar.

© 2019 Erica-Laurence Schneeberg, Umschlaggestaltung,
Grafiken und weitere Illustrationen.

© Herstellung und Verlag: BoD – Books on Demand, Nor-
derstedt

ISBN: 9'783744'809450

Inhalt, Titelei

	Seite
Imagination, Nichtschwimmer	1
Der Klinik-Priester	31
Telepathie, Kiosk	69
Der Musterschüler	85
Das Augenwunder	97

IMAGINATION

Nichtschwimmer

Diese Geschichte basiert ca. aus dem Jahr 1956, sie handelt von seltsamen Dingen. . .

Wir, in unserem noch neuen, und letzten Kreis der Stadt Zürich, hatten noch kein Schwimmbad. Wollte man schwimmen gehen, musste man mit dem Bus bis Bad Allenmoos fahren. Dabei stieg man zuvor bei der Regensbergbrücke aus, und marschierte noch eine Station weiter zu Fuss, denn der Bus bog bei der Brücke ab, Richtung Katzensee. Dann gab es da noch eine Alternative, das Schwimmbad Wallisellen. Das war gut zu Fuss zu erreichen, das heisst, wenn man gut zu Fuss war, und für den, der eine Entfernung von zwei Kilometern nicht scheute. Das Bad lag erhöht auf einem Hügel über unserem Tal, dem Glatt Tal. Nun konnte man aber auch noch in einem Fluss, der Glatt schwimmen, und sich dabei auf einem Pneu flussabwärts treiben lassen. Diese Fahrt konnte bis zum Katzensee führen. Da gondelte so manches Kind dahin, vor allem die aus den Schrebergärten, egal ob Schwimmer, oder Nichtschwimmer. Ich, damals in der vierten Klasse, gehörte noch zur letzten Kategorie. Dennoch beschaffte auch ich mir einen Pneu aus dem Abfallhaufen von 'Pneu-Mäder'. Zuerst wurde der Pneu getestet, ob er auch dicht sei, und flugs schlüpfte man durch den Reifen, liess sich in den Fluss gleiten, die Füsse voran, und schon trieb man in der leichten Strömung abwärts. Das Ufer war gesäumt von hohem Schilfrohr, Frösche quakten, Libellen zirpten um uns herum, und aufgescheuchte Enten erhoben sich mit Geschnatter plötzlich zum Flug in die Höhe aus ihrem Schilfrohr Versteck. Das dunkle Grün des Flusses wirkte beruhigend wie Samt auf Seele und Geist. Die kühlen Fluten, die Sicherheit im Gummi-Ring, gaben meinem erhitzten Körper, wie dem Hirn, die nötige Kraft, zu einem Entschluss zu kommen; nämlich endlich auch schwimmen zu lernen.

Die Schwimmschüler   Am frühen Morgen, noch vor neun Uhr, zog ein Sturm auf, es war ein Sturm von Schülern mit ihren Badesäcken, welche sich in den Bus drängten nach Bad Allen Moos. Sie hatten sich die bunten

Badebeutel, welche von einer dicken Kordel zu-
sammengezogen wurde, lässig über die eine
Schulter gehängt. Das einseitige Gewicht gab ja
keine Rückenverkrümmung, nur die einen, die
Kleineren, liefen etwas schief, obschon, der In-
halt war nicht viel und somit nicht schwer. Pro-
viant wurde keinem eingepackt, denn man
sollte ja nicht mit vollem Magen schwimmen.
Ein starker Chlorgeruch wehte mit dem kühlen
Morgenwind durch die Luft in der Anlage. Der
Morgen war immer noch kühl, obschon es bereits Frühsommer war. Und so, mit nüchternem
Magen, war die Schulklasse zum Schwimm-Unterricht aufgeboten. Das konnte man besonders
gut sehen an einem sehr mageren Knaben, der
immer so schlotternd am Schwimmbecken
stand. Ich hatte diesen Jungen noch nie auf unserem Schulareal gesehen, so musste er aus einem anderen Quartier kommen und zu einer anderen Klasse gehören, als einer unseres Schul-
hauses. Die anderen Schüler waren längst einge-
taucht, mit oder ohne Korkringe. Er aber stand
abseits am Nichtschwimmer-Becken und schon
blau angelaufen, und fror entsetzlich. Es war ein
feiner Knabe, bleich und schmächtig, und er
passte irgendwie nicht hierher. Er stand einfach

3

da, unentschlossen, ängstlich, so halb nackt in seiner schlotternden Badehose. Bereits schon angepasst, atmete man den starken Chlordunst ein, der vom Schwimmbecken emporstieg. Er zögerte noch lange, und wollte einfach nicht rein, das Wasser war ja gut desinfiziert, aber es war auch durchaus möglich, dass einige Kinder eben ins Wasser gepinkelt hatten. Ich stand neben ihm, ebenfalls unfroh, aber ich betrachtete mehr ihn sorgenvoll, als an mich zu denken.

Vor allem bemerkte ich seine blau angelaufenen Lippen in seinem bleichen, weissen Gesicht. Ich wusste; bläuliche Lippen weisen auf eine Herzkrankheit hin.

«Bist du krank?», sprach ich ihn mitleidig an. Er wiegte nur etwas mit dem Kopf hin und her. Eine Schwimmerin tauchte vor uns auf und rief: «Kommt ihr endlich?» Aber ich hörte nicht hin, sondern sah immer noch zu dem Jungen hin.

Er war nicht schön von Statur, ein Pykniker, er hatte solche schmalen pyknischen Schultern und auf seinem runden Brustkorb zeichneten sich die Rippen ab. Aber es passte zu seinem schmalen sehr zarten Gesicht. Seine graublauen Augen starrten abweisend ins türkisblaue Wasser.

Er verfolgte wie im Traum die Spiegelung der gelben Ringe der Sonne, die ab und zu zwischen Wolken hervorschien. Es war immer noch kühl und sein nasses, am Kopf klebendes Haar wies darauf hin, dass er bereits unter der Dusche war.

Auch die Badehose klebte an ihm, zu seinem Un-gemach. Er tat mir leid und ich fragte ihn:

«Woher kommst du?» Er schüttelte den Kopf und sagte nichts. Ich forschte weiter: «Wie heisst du?». Seine dünnen Lippen bewegten sich etwas und er lispelten fast unhörbar:

«Max Rey». Da horchte ich auf: «Und du bist zum Schwimm-Unterricht hier?». Wiederum sagte er nichts. Und ich überlegte, dass ich diesen Namen schon einmal gehört hatte, ja sogar von ihm gelesen hatte in einem Boulevard-blatt, der Revue.

Zu dieser Zeit war nämlich das Fürstenhaus Monaco in aller Munde. Es war die Hochzeit von Fürst Rainier und Grace Kelly. Alle verfolgten jetzt ihre demnächst erwartete Niederkunft. Dabei sah man auch die Verwandtschaft von Rainier auf vielen Bildern ihrer Galas. Ich erinnerte mich an seine Schwester, Baronin Antoinette-Louise de Massy, wie sie jetzt ein Verhältnis mit Jean-Charles Rey einging und eben von ihrem ersten Mann getrennt oder bereits geschieden wurde. Jetzt erinnerte ich mich auch, was Jean-Charles Rey am Hof von Monaco für eine Rolle spielte und was er beabsichtigte.

«Du bist nicht von hier?» fragte ich nochmals nach. Max verneinte stumm und stand immer noch steif und frierend da. Ich erinnerte mich, dass ich gelesen hatte, dass Rey der Bundesgenosse von Fürstin Antoinette war, im Bund gegen ihren Bruder, der 1955 während dem Bankskandal entstand und die Opposition entfachte. Rey war der Anführer der politischen Gruppe die gegen Fürst Rainier opponierte.

Man wusste auch bereits, dass Rey einen Sohn hat im Internat 'Le Rosey' im Welschland zwischen Lausanne und Genf. Vielleicht hatte er noch einen zweiten Sohn, so begann ich zu mutmassen, dann eine Ähnlichkeit mit diesem Bruder war da. Um sich einen freien Weg am Hof von Monaco zu schaffen, könnte er diesen Sohn verschwinden lassen für ein besseres Ansehen, oder einer bequemeren Präsenz wegen.

Dieser Sohn, dieser Max sah einfach ganz anders aus als wir. Ich sah wieder zu ihm hin und sprach: «Ich kann auch nicht schwimmen». Er sah mich bloss verständnislos an.

«Ich glaube du solltest dich lieber abtrocknen, warte hier, ich hole ein Badetuch». Er nickte: «Ja gerne», war seine knappe Antwort. Ich eilte rasch zur Kabine und war ebenso schnell zurück und gab ihm mein Frottiertuch. «Bist du aus dem Internat 'Le Rosier'» fragte ich schüchtern. Er nickte:

«Bin bloss in den Ferien hier». Jetzt dachte ich alles zu wissen. Jean-Charles Rey kannte den Leiter des Internats, den Rektor Louis Johannot. Dieser war Major der Schweizer Armee und Stadtrat von Rolle, verheiratet mit einer Schwester von einem Schweizer Botschafter. So war der Kontakt zu den anderen Schweizer Familien durchaus möglich und dieser Knabe war in einer solchen untergebracht.

«Wie lange bleibst du?» fragte ich ihn. Er sagte bloss: «Ich weiss es nicht». Er hatte diesen Deutsch-Französisch Akzent.

Jetzt wurden wir unterbrochen und eine Schwimmlehrerin kam auf uns zu und gab uns Korkgürtel zum Umschnallen. Ich legte meinen an, aber er sagte höflich ab und blieb stehen, während ich nun mit der Schwimmlehrerin zum Bassin ging.

Es kamen noch ein paar andere Mädchen hinzu, ebenfalls mit Korkringen. Eine von ihnen hatte diese grünen Haare, welche sich bei weiss-blondem Haar zu grün verfärbten. Diese obligatorische Schwimmstunde war schon eine rechte Qual.

Zuerst musste man die Froschbewegungen üben und nachahmen, dann lag man im Wasser mit dem Korkgürtel um den Bauch und die In-struktorin lief neben dem Bassin auf und ab, während man mit diesen lächerlichen Bewegungen kaum vorwärtskam. Die Meisterin hatte einen langen Stecken, der manchmal noch die Gürtel fasste, wenn darunter ein Mädchen hilflos zappelte, vermeintlich es richtig zu machen, in der Annahme, schon etwas schwimmen zu können.

Dabei ging es aber auch noch um die Atemübung; im richtigen Moment ein- und ausatmen. So ging das mit Husten und Wasser schlucken und wieder ausspucken von einem Beckenrand zum andern. Vor und zurück, mit Lob und Kritik. Als wir wieder mal nach zehn Minuten zurückkamen, war der Max verschwunden.

Am nächsten Schwimmtag stand er aber wieder da, wie zuvor, angewurzelt und schlotternd an seinem Platz. Es war wieder so ein kühler Morgen. An seiner Hand baumelte schlaff ein Korkgürtel und schleifte am Boden nach, bei seinen wenigen Schritten, die er nachdenklich am Beckenrand tat, beinahe provozierend.

Er musste mich gesehen haben und guckte missbilligend zu mir hin. Ich nickte ihm höflich zu, er nickte ebenfalls und lächelte ein wenig. Als die

Lehrerin bei uns paar Mädchen ankam, mit einem Bündel Gürteln über dem Arm, da wurde sein Blick kalt und er verzog keine Miene mehr. Ich stieg mit der Mädchengruppe ins Wasser und stellte mich gehorsam an den Platz im Bassin, der mir angewiesen wurde. Ich stand direkt unterhalb von Max im Wasser und schielte zu ihm hoch. Aber rasch musste ich den Blick wieder von ihm abwenden, denn die Bünde am Bein seiner kleinen, dürftigen Hose waren viel zu weit. Es begann das Gleiche wie beim letzten Mal.

Als wir von unserer ersten Runde zurückkamen, bemerkte ich etwas Mühsames in seinem Mienenspiel. Frierend sah er uns zu, aber aus seiner ablehnenden Haltung sah ich auch etwas wie Stolz. Ich rief ihm zu: «Kommst du auch?» Er schaute nur ungläubig. Dann stieg ich kurz aus und stellte mich, triefend von Wasser, neben ihm hin.

«Es ist schön», wagte ich zu sagen. Er schüttelte sich. «Bitte, ich kann nicht», sagte er in gebrochenem Deutsch.

«Courage», flüsterte ich ihm zu. Aber seine Lippen waren wieder so blau. Eine Schwimmerin tauchte kurz auf und rief: «Kommt das Bürschchen endlich?»

Die Sonne verschwand kurz hinter einem Blätterwerk der hohen Ahornbäume und warf unruhige Schatten auf sein empörtes Gesicht. Er hatte verstanden.

Voller Verachtung überblickte er die Schwimmgruppe in ihren Korken, wie sie unbeholfen angeführt wurden und diese Froschzüge darboten. In den Augen von Max sah das lächerlich aus, aber er blieb ungerührt und verzog keine Miene mehr. Er fröstelte bloss immerzu und zog die Schultern hoch.

Er atmete tief und sein magerer Brustkorb wölbte sich zu einer Hühnerbrust, und seine Haut wurde zu Gänsehaut. Er schüttelte sich wie in einem Schüttelfrost, seine Lippen bebten, als wie sie etwas sagen wollten, dann bekam er das Zähne-klappern.

All das wirkte wie ansteckend auf mich, und auch ich begann zu frieren und bekam die Gänsehaut. So zog ich es vor, doch wieder lieber ins Wasser zu tauchen; denn dieses war wärmer als die Luft.

Am Eingang der Badeanstalt konnte ich zuvor ablesen, Wasser 19°, Luft 16°. Das Wasser kam mir sogar noch wärmer vor, das war die Rettung. Ich fühlte mich wieder wohler und dachte, dass ich ihm unbedingt Mut machen möchte, und ich wollte schwimmen lernen.

An einem schönen Nachmittag, als ich wieder mal in meinem Pneu-Ring auf der Glatt abwärts gondelte, konnte ich zu meiner Schande immer noch nicht schwimmen. Einige Kinder trieben an mir vorbei, denn sie paddelten extra mit den Händen und benützten die Arme wie Ruder.

In der Glatt

Mein Reif schwamm mit mir gemächlich dahin, die Sonne wärmte mich, aber sie brannte mich auch bald, sodass ich frühzeitig meine Fahrt, auf der Höhe der Aubrücke abbrach. Es war eine alte, gedeckte Holzbrücke und bot den idealen

Ausstieg mit günstiger Böschung. Von dort aus schleppte ich den Schlauch zurück ins Gartenhaus unseres Schrebergartens.

Da hatte ich bereits viele 'Revue' Zeitungen aufbewahrt und ich fing an darin zu blättern. Ich suchte wieder die Artikel von der monegassischen Hochzeit und den weiteren Anlässen aus Monaco, Bilder mit dem Fürsten und seinem Hofstaat.

Erneut las ich über die Bankaffäre und über die böse Schwester, der Baronin Antoinette. Es stand natürlich nicht, dass sie böse sei, nur ich interpretierte das so, weil es stand, dass sie ihren Bruder, Rainier Grimaldi vom Amt entfernen wollte und selber an die Macht gelangen wollte um Fürstin zu werden.

Die Artikel waren doch wirklich unschön, diese Spekulationen der Interessen des Jean-Charles Rey. Viele konnten ihn nicht ausstehen, stand in der Zeitung. Er begann eine grössere Rolle im Haushalt neben Antoinette zu spielen, so las ich immer weiter mit grossem Eifer. Später kam es auch wirklich zur Heirat mit Rey und der Baronin Antoinette de Massy von Monaco. Es wurde ihr zweiter Mann und ein Dritter würde folgen.

Juliana, das Mädchen vom Nachbargarten gesellte sich zu mir. Wir hatten schon oft zusammen in Wirtshäusern gesungen und so waren wir zwei echt Vertraute.

«Schon wieder über deinen Revue's?» fragte sie mich. Ich sah auf: «Ja, sieh doch auch, es lässt mich nicht los, das mit diesem Rey». Ich hatte ihr bereits schon mal etwas davon erzählt. Sie lachte mich aus: «Vielleicht interpretierst du das nur so!» «Ja, könnte schon sein, aber der Junge aus dem Bad hat mich einfach darauf gebracht».

«Auf was denn?»

«Auf eine versteckte Affäre. Rey ist der Anführer der politischen Gruppe, die Opposition gegen Fürst Rainier». Auch Juliana wusste es. In ihrer italienischen Familie wurde auch viel darüber gesprochen «Ja, man sagt die Schwester versucht an die Macht zu kommen, und dafür benützt sie Rey». Ich fuhr dazwischen:

«Eben, und Rey hat seinerseits Heiratsabsichten und will alles aus dem Weg räumen, was ihm hinderlich sein könnte». «Ja, aber das ist vielleicht gar nicht sein Sohn, den du da meinst». «Und wenn er es doch ist? Den älteren Sohn den kennt man bereits aus den Gala-Anlässen, hier, schau das Bild von ihm» Ich schob ihr die Revue

15

unter die Augen, «den konnte er nicht verstecken, aber vom jüngeren Sohn weiss man noch nichts, also?» «Misch dich da bloss nicht rein», bedeutete Juliana vielsagend.

Sie ging wieder zurück in ihren Garten. Ich überlegte mir flüchtig, ob ich mal so einen Artikel mit ins Bad nehmen sollte, und es Max zeigen. Aber vielleicht wusste er gar nichts davon und ich würde ihm nur noch mehr Angst einjagen. Vielleicht war er schon sehr lange getrennt von seiner Familie. Nein, dies verbot mir auch mein Gewissen und es wäre sehr taktlos gewesen.

Die folgenden Schwimmstunden liefen ab wie die anderen. Max war wieder da, aber am Unterricht wollte er partout nicht teilnehmen. Das war ja auch nicht nötig, denn ein Aufenthalt in diesem schönen Bad konnte vollauf genügen zur Erholung oder zur Entspannung. Das Bad war sehr weitläufig angelegt, von hohen Ulmen und Ahornbäumen umgeben.

Aber ich stellte fest, dass er unserer Schwimmlehrerin zugeteilt war. Diese liess ihn jedoch immer in Ruhe nachdem sie einige Worte mit ihm geredet hatte. Sollte ich ihm vielleicht einmal etwas von meinen Flussfahrten erzählen. Diesen Gedanken verwarf ich bald wieder, er würde mich sowieso nicht verstehen, und er war verschlossener denn je. Er sagte bloss: «Schwimm, schwimm für mich». «Hm, soll ich etwa fliegen, das lerne ich nie!», seltsam, sprach ich. «In ein paar Tagen ist die Schwimmprüfung, adieu, ich geh jetzt». Er winkte mir leise nach. Dann sah ich ihn zur Dusche gehen und verlor ihn aus den Augen.

Die gespielte Katalepsie

Katalepsie ist die Starrsucht, ein Spannungszustand der Muskeln. Sie ist auch künstlich hervorrufbar, z.B. durch Hypnose. Unter uns Jugendlichen gab es ein geheimes Spiel, das aber eher gefährlich war, als lustig. Man ergötzte sich daran, sich gegenseitig in Ohnmacht, d.h. in Bewusstlosigkeit zu versetzen.

Das ging so: Zwei Kinder stellten sich hintereinander. Der Hintermann umfasste mit festem Griff den Vordermann und hob ihn durch seinen Griff um die obere Brustpartie leicht über den Boden, sodass die Füsse diesen nicht mehr berührten. Genau in dem Moment zog er ihn leicht, aber ruckartig nach hinten. Das Kind vorne verlor augenblicklich die Besinnung und sackte zur Erde hin und war für kurze Zeit bewusstlos. Vor Vergnügen lachten wir wie diebische Elstern und kamen uns vor wie die Magier.

ein Junge aus der Nachbarschaft, der uns diesen Spuk beibrachte. Zuerst imponierte er uns mit vielen freien Bodensaltos, er drehte sogar zweimal in der Luft, legte einen Spagat hin und machte wiederum das Rad, und so kam es, dass wir ihm alles, aber auch alles nachzuahmen versuchten.

Und immer gab es am Abend danach schöne Träume, aber auch während den kurzen Bewusstseins-Ausfällen. Ohnmacht ist ein meist harmloser Zustand von Bewusstseins-Verlust, der auf mangelnde Durchblutung des Gehirns beruht. Es führt vorübergehend zu Abfall des Blutdrucks, und anschliessend zu Zusammenbrechen.

Ich dachte dabei manchmal an den Jungen im Bad. Sicher hatte er einen mangelhaften Blutdruck, dass er so blaue Lippen hatte, und dass sein bleicher Körper sogar wie bläulich anlief. Oder hatte er gar blaues Blut, oder war er doch eher herzkrank? Manchmal, während diesen Übungen, dachte ich an ihn. Aber dann vergass man für den Moment alles. Man war ganz bei sich. Dabei sagt man immer fälschlicherweise: «Er ist nicht mehr ganz bei sich». Es ist auch vorgekommen, dass ich, während ich am Boden lag, die Augen geöffnet hatte, die Kinder um mich herumstehen sah, mich aber nicht rühren, noch sprechen konnte, wenn ich es auch gewollt hätte. Meistens schlief man aber kurz mit geschlossenen Augen und man hatte paradiesische Träume. Aber keines der Kinder sprach darüber. Man stand einfach wieder auf, sobald man erwachte, grinste bis über beide Ohren und klopfte sich das Gras oder den Staub aus den Kleidern.

Flug-Traum　　　In einer der folgenden Nächte hatte ich einen sonderbaren Traum. Mir war, ich würde mich über dem Bett erheben und zur Decke streben. Dann sah ich mich unten auf dem Bett liegen. Ich verliess das Zimmer und schwebte über unserem Haus, schwebte dahin, aber mit Schwimmbewegungen, wie ich es in den Schwimmstunden gelernt hatte. Ich flog über einen grossen tiefen und dunkelgrünen Wald und bald sah ich eine grosse Wasserfläche unter mir. Ich dachte das könnte das Schwimmbecken von Wallisellen sein.

Ja, Wallisellen, da musste ich hin vor der Schwimmprüfung, da würde ich es lernen, dachte ich. Als ich wiedererwachte, lag ich in meinem Bett. Ich dachte, das muss ich noch einmal probieren, das mit dem Fliegen, es ist zu schön. Ich stellte mich an den Bettrand und konzentrierte mich lange. Dann begann ich mit den Füssen zu treten, als ob ich unter mir Luft, oder besser ein Luftkissen ansammeln würde.

Und richtig, ich spürte unter mir deutlich einen Wiederstand wie komprimierte Luft. Ich trat emsig weiter und stand auf der geballten Luft und auf einmal hob ich ab und schwebte über dem Boden. Jetzt machte ich kräftige Bewegungen mit den Armen und mit den Beinen tat ich wie ein Frosch. Wieder sah ich mich unten auf dem Bett liegen und bald schwebte ich in freier Luft über grüne Waldgebiete, die ich zuvor noch nie gesehen hatte.

Ich kann fliegen, aber ich mache Schwimmbewegungen: Eigenartig, dachte ich. Aber wenn ich das kann, dann werde ich auch meine Schwimmprüfung machen. Am nächsten Abend verschloss ich mich in meinem Zimmer, stellte mich an mein Bett und machte wieder diese Tretübungen.

Aber ich muss schon sagen, dass ich vermutlich dabei zuvor einschlief, liegend oder stehend, ich weiss es nicht. Es ging ganz leicht. Ich fühlte abermals das Luftkissen wie eine Kugel unter mir entstehen und ich hob darauf ab. Ich fühlte mich frei. Die Seele war auferstanden, und ich wusste jetzt, dass ich eine hatte. Meine Seele war bereit, stolz das zu schaffen, was mir zuvor nur wie ein Zwang erschien. Alles andere ist Geheimnis.

Die Feuerprobe Am nächsten Tag, es war sehr heiss, machte ich mich auf den Weg ins Schwimmbad Wallisellen. Es war doch nicht so nahe zu Fuss zu erreichen und schwitzend strebte ich bergauf, immer voran, ohne Unterbruch. Dort angekommen, legte ich nahe dem Wasserbecken mein Tuch über meine Sachen und ging ungehalten zum Bassin.
Ich war wie in Trance, voll konzentriert, und vermied es mit irgend jemandem zu reden. Es hatte drei Springtürme, einen 1 Meter, 3 Meter und einen 6 Meter Turm. Ich kletterte auf den 6 Meter Sprungturm und ohne lang zu zögern sprang ich hinab in das türkisblaue Wasser. Dort in der Tiefe, ganz unten angekommen, am Boden des

Beckens, sah ich die gelben schlangenförmigen Linien der Sonne, wie sie sich spiegelte, wie sie sich bewegte. Alles war in Bewegung. Ich sah hinauf und dachte, so jetzt musst du wieder hinaufkommen wie in deinem Traum, und ich begann zu treten. Es funktionierte. Schnell kam ich höher und bald hatte ich den Kopf wieder über Wasser und schnappte nach Luft. Und wie ich tief durchatmete!

Nun fing ich allerdings zuerst wie ein Hund an zu graulen, aber das ging auch. Ich erreichte glücklich den Rand des Beckens. Jetzt dachte ich, dass es Zeit würde, die gelernten Schwimmbewegungen auszuprobieren, und ich stiess ab, und es ging wie von selbst und zum ersten Mal konnte ich richtig schwimmen. An der nächsten und letzten Schwimmlektion gehörte ich zu den Schwimmern. Suchend sah ich mich nach Max um, aber er war nicht mehr da. Das war eine grosse Enttäuschung, denn wie gerne hätte ich es ihm gezeigt, dass ich es kann.

Bei uns zuhause gab es immer die kostenlose Tageszeitung, das Tagblatt Zürich. Es war Feierabend und ich blätterte darin, da stiess ich auf eine Meldung: Knabe vermisst, Signalement, spricht deutsch-französisch, sachdienliche

Hinweise bitte an die Polizei. Ich dachte sofort an Rey, aber es müsste heissen, spricht gebrochen Deutsch, also ist er es nicht, oder doch?

In dieser Nacht konnte ich kaum schlafen. Am nächsten Morgen war ich zuerst wieder über der Tageszeitung, sie hatte die Schlagzeile: Knabe ertrunken, tot aufgefunden in der unteren Wehr der Glatt. Ich war schockiert, wie erstarrt, «wenn er es nur nicht ist!» hoffte ich inbrünstig.

Dann kam der Tag der Schwimmprüfung und ich dachte nur noch an meinen inneren Auftrag und bestand mit gut. Allerdings konnte ich noch nicht die längere Strecke erfüllen, aber für den Ausweis genügte das. Tauchen hätte ich jetzt ja auch können, aber diese Prüfung umging ich, weil ich denn doch noch keine übliche Erfahrung darin hatte. Ich war zufrieden damit, nur Max Rey sah ich nie mehr.

In den Jahren danach machte ich noch oft diese Konzentrationsübungen, das Lufttreten, das Fliegen, überall hin, in der Morgendämmerung, über Wiesen und Wälder, wie ich wollte, aber es blieb mein Geheimnis. Niemand durfte davon etwas erfahren. Als ich älter wurde und damit auch schwerer, hatte ich zusehends

Schwierigkeiten im Abheben und war traurig, dass es nicht mehr so leicht ging. Es gab da auch noch Träume, in denen ich anderen Kindern Flugstunden erteilte. Aber das hätte ich besser nicht getan, denn sie klammerten sich an mir fest und wollten mich hinabziehen, oder vielmehr durch meine Kraft sich mit hinaufziehen lassen.

Es war da auch in diesen Träumen ein Mädchen aus der Nachbarschaft, mit dem ich zuvor oft gespielt hatte. Als ich dieses Mädchen in der Wirklichkeit an einem folgenden Tag draussen traf, gebärdete es sich eigenartigerweise so, als ob es plötzlich ein paar Jahre jünger geworden wäre. Ihre Stimme war höher und sie sprach recht kindlich und umständlich. Wie konnte sie sich so verstellen? Und warum tat sie es? Von der Stunde an wendete ich mich von ihr ab, und brach den Kontakt mit ihr. Es gäbe da noch manches im Detail zu erzählen.

Als ich so etwa über zwanzig Jahre alt wurde, konnte ich nicht mehr fliegen. Einmal vielleicht gelang es mir noch mal mühsam, ein wenig. Aber dann war Schluss. Endgültig Schluss. Ein erfahrener Eingeweihter wüsste sicher, warum dem so war, und auch ich ahnte es, aber das bleibt mein Geheimnis.

Einmal, als ich durch die Stadt schlenderte, sah ich einen Jungen, der glich aufs Haar Max Rey. Aber ich ging vorbei, obschon er mich so aufdringlich ansah, als ob er mich kennen würde. Die Zweifel waren stärker, dass er es doch nicht ist. Seine Gesichtszüge waren dieselben, nur war er jetzt viel grösser, grösser als ich. Er sah aus wie ein Banklaufbursche. Ich versuchte ihn in meinen Träumen heraufzubeschwören, aber die Träume, oder Wachträume, waren vorbei.

Und wieder einmal später, lag ich im Schwimmbad am Zürichsee unten in voller Sonne und konnte mich auf einmal nicht mehr bewegen. Ich sah all die Badegäste und Leute um mich herum, wie damals in der Kinderzeit, und wollte ihnen zurufen, aber ich brachte keinen Ton heraus. «Ich muss erwachen», dachte ich angestrengt und versuchte das Gras neben mir mit den Fingern zu berühren. Langsam konnte ich es fühlen und fassen, dann begann ich mit der Hand leicht an den Boden zu klopfen, schon konnte ich den Arm leicht erheben und ich gab mir einen Ruck, sodass ich wieder in die Wirklichkeit zurückfand. Ich erhob mich und wusste: Es ist vorbei. Eilig lief ich zum Ufer des Sees hinunter und tauchte meinen erhitzten Körper in die kühlen Fluten und machte zuerst den Rückenschwumm. Von den Wiesen der Badeanstalt her tönte laut, energisch und unüberhörbar das Lied bis zu mir herüber, über die ganze Wasserfläche:

'So ein Tag, so wunderschön wie heute! Es war unser Strandsänger, de Riva. Und die Leute lachten immer über ihn, wie er in voller Bekleidung durch die Anlage schlenderte, denn erstens war der Song passé und zweitens klang es so komisch, weil er eine viel zu energische Stimme hatte und dabei die Leute überzeugen wollte, dass der Tag so schön sei, dabei war er es ja.

Übrigens, ist es nicht eigenartig, dass Charleine, die Frau von Fürst Albert, zufällig eine preisgekrönte Schwimmerin war?

Nachwort   Im Lauf der folgenden Jahre, wie auch heute noch, habe ich mir immer wieder Gedanken gemacht über meine eigenartigen Flugträume. Dass ich da so dahinfliegen konnte, das geht ja noch, aber dass ich dabei zuerst Luft treten musste, um mich überhaupt erst einmal emporheben zu können, um vom Boden hochzukommen auf einem komprimierten Luftkissen, einem so erzeugten Ball, das ist sehr eigenartig.

Inzwischen ist mir etwas eingefallen, vielleicht eine Erklärung. Ich hatte schon sehr früh ein kleines Kindervelo, da musste ich ja treten. Es war da aber einmal Folgendes passiert; ich hatte einen kleinen Unfall. Auf der Fahrt an einem Abhang, konnte ich so allmählich nicht mehr bremsen, weil die Bremsbeläge stark abgenützt waren. Ich musste sofort von der Fahrbahn wegkommen, weil mein Tempo immer rasanter wurde.

Kurzentschlossen bog ich über die Strasse nach links in einen Hof eines Landhauses ein. Ich hatte aber schon so viel Tempo, dass ich die Kurve nicht mehr schaffte und sah einen zwei Meter hohen Zaun vor mir. Ich sah, dass ich im Zaun landen würde und stand gespannt in die Stehbügel der Pedale. Und da, vor dem Aufprall in den Drahtgitter-Zaun, riss ich die Lenkstange und das Vorderrad hoch, stiess mit den Füssen kräftig von den Pedalen ab, sauste empor in die Luft, und erreichte mit beiden Händen die obere

Stange des Zauns. Das Velo lag unten, ich oben, nicht gross beschädigt, und ich kleiner Knirps hing und zappelte an der Zaunstange. War das jetzt eine reife Leistung der Geistesgegenwart? Oder war da ein Schutzengel? Dieses jedoch, könnte eine Erklärung darstellen für mein Treten im Stehen, dem Abheben und Fliegen.

Mein Vater, der dabei war, holte mich vom Zaun herunter, bog dann die Speichen wieder zurecht, griff in den Werkzeugkasten den er immer dabei hatte, ersetzte die Bremsklötze und weiter ging die Fahrt, so unbeschwert, dass ich den Zwischenfall bald wieder vergass.

DER KLINIK-PRIESTER

Diese Geschichte handelt von einem katholischen Pfarrer einer Zürcher Privatklinik und seinen ihm anvertrauten Schäfchen und von der Sucht

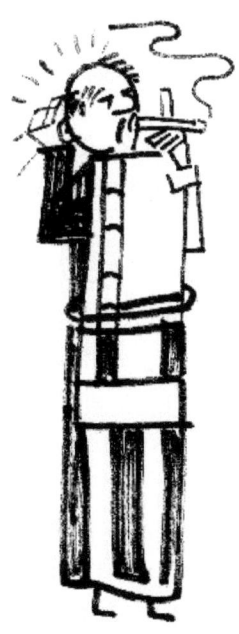

Er war da, um den Patienten vor dem Eingriff Mut zu machen, und Gottes Geist zuzusprechen, wenn sie die Operation überstanden. Hie und da musste er aber auch die letzte Weihung, oder die Absolution erteilen, wenn nach einer Operation eine Verschlechterung, ohne jede Lebenshoffnung eintrat. Zusätzlich gab es Fälle, die er voraussehen konnte, das waren die Alten mit chronischen Gebrechen und solche in den Rollstühlen, denn in der Klinik gab es auch eine Altersresidenz mit Aufenthaltsverbleib bis zum Tod.

Dann sass Pater Patrik über seinen Tisch gebeugt in seinem kleinen Studierzimmer und las in der Bibel. Er hatte eine Sammlung von seinen früheren Predigten und überlegte sich jeweils lange, etwas Passendes zu finden. Er wühlte in seinen Büchern und wenn ihm nichts einfallen wollte, zündete er sich eine Zigarette an und griff zu einem kleinen Becher Rotwein, den für das Abendmahl.

Das Heikle daran war, dass er beide christlichen Glaubensrichtungen vertreten musste, die katholische sowie die reformierte. Wenn wieder ein neuer Patient eingeliefert wurde, bekam er automatisch Nachricht. Er studierte die Liste der

Neuzugänge nach ihrer Zimmernummer, ihrem Namen, dem Alter und des Gebrechens. Meistens besuchte er diese Neuen noch vor ihrer Operation, denn er wollte sich zuvor ein Bild von ihnen machen. Mental, wie auch physisch gesehen, waren die Patienten oft nicht mehr gleich wie vor der Operation und nicht mehr so gut ansprechbar.

Während er nachdenklich durch die weiten Fluren der Klinik entlang schlenderte, hielt er die Liste vor den Augen und versuchte sich auf die Neuen zu konzentrieren. Die mit muslimischer Glaubensrichtung musste er nicht besuchen, es war seinem freien Willen überlassen.

Er war auf dem Weg zu einer neuen Patientin, ein Fall für Darmoperation, drei würden es heute sein. Jetzt stand er vor Zimmer 21 der Allgemeinen Abteilung, ein Dreier-Logis in der Frauenabteilung. Durch seine kleine Brille las er den Namen, eine gewisse Elisabeth, evangelisch, Alter 56 Jahre, noch nicht zu spät, dachte er. Er klopfte an, und wartete eine Weile, bevor er leise eintrat.

Besuch vom Priester

Erst vor kurzem war er in diesem Zimmer. Die beiden anderen Patientinnen kannte er bereits und er hatte schon zu ihnen gesprochen. Sie würden ihn sicher ehrerbietig und freundlich begrüssen. Nur bei der Neuen war er sich nicht sicher wie sie reagieren würde. Manchmal wurde er barsch abgewiesen und das fürchtete er wie der Teufel das Weihwasser.

«Besser zuerst zu den beiden Bekannten gehen», überlegte er vorsichtig, als er immer noch bei der offenen Türe stand und den Hals reckte. Ihre Begrüssung würde sicher einen guten Eindruck machen und ihm den nötigen Halt geben, und die Neue würde Vertrauen schöpfen. Jetzt spähte er zu den drei Betten, aber es war nur noch eines belegt, die anderen waren schon wieder leer, weiss und frisch überzogen.
Für einen Moment kam er sich verlassen vor, und enttäuscht verwarf er den eben gefassten Plan. Das gab somit wieder einen Neuauftritt. Die beiden andern, die Nieren- und Gallenfälle waren weg. Das war ja ganz natürlich, und nicht anders zu erwarten, bei diesen jungen Dingern. Dabei wollte er noch einmal mit ihnen beten.

Jetzt spähte er zu dem belegten Bett am Fenster hinüber. Er gewahrte eine Gestalt in blau-weissem Home-Trainer, die ihm den Rücken zukehrte und in die verschneite Landschaft hinausblickte. Nun wendete sich ihr Kopf. Elisabeth sass aufrecht in ihrem Bett und sah den Mann in schwarz. Sein feiner Anzug war schwarz und sein kragenloses Hemd war es auch. Als er auf ihr Bett zuschritt dachte sie erlöst, denn sie hatte schon die lange Warterei satt, jetzt gibt es endlich mal eine Abwechslung, endlich Besuch.

Er dachte, ich muss ihr ja nicht die Beichte abnehmen, die sieht noch zu gesund aus um gleich zu sterben, und übrigens ist sie ja nicht katholisch. Dann stand er vor ihrem hochgestellten Bett und hatte sie etwa auf Bauchhöhe vor sich. Wieder so eine schöne Sünderin, ah, das weibliche Geschlecht, immer hübsch mit Tugendmiene.

«Grüss dich, meine Tochter, du bist doch die Elisabeth?» Sie wies auf die Tafel über ihr: «Ja, es steht oben angeschrieben». Ah, diese Frätzchen: «Ich bin Pater Patrik und wünsche dir Gottes Segen und Beistand zu deinem bevorstehenden Eingriff. Möchtest du mir noch irgendetwas sagen? Hast du noch etwas auf dem Herzen, von dem niemand etwas weiss? Gibt es da etwas im Dunkeln?»

Bei solchen Gelegenheiten setzte er sich manchmal, wenn kein Stuhl zugegen war, auf den Bettrand und hielt den Kranken beide Hände. Jetzt aber stand er da, als ob er sich an etwas erinnern wollte. Wie gerne hätte er jetzt zu ihr gesagt, befrei dich von deinen Sünden, denn die hatte sie, aber er überlegte es sich anders. «Möchtest du, dass ich nachher vorbeikomme? Ich bin hier der Seelsorger, der für alle da ist». Sie dachte, das ist etwas allgemein, und sagte: «Ich habe solchen Hunger».

«Der Mensch lebt nicht von Brot allein», sagte er gefühlsvoll. Sie war wirklich beinmager geworden nach der obligatorischen Darmreinigung, die sie eben durchgestanden hatte. Es war zum Verrücktwerden. Sie sah ihn kritisch an und versuchte in seinem fahlen, schmalen Gesicht zu lesen, ob da etwas falsch war. Dabei beobachtete sie eher seine Züge um die schmalen Lippen, denn seine Augen waren matt und trostlos. Aus der Mimik konnte sie immer besser den Charakter oder das Denken des Andern erraten. Sie entschloss sich höflich zu sein und so sagte sie: «Oh ja, das würde mich sehr freuen, kommen sie nach der OP». Er war wieder mit sich zufrieden und gab ihr die Hand während er ihre Augen suchte, die schon wieder zum Fenster hinausblickten. «Also dann, alles Gute, haben sie Gottesvertrauen».

So nahm er Abschied und wendete sich zum Ausgang, indem er wieder in Gedanken verfiel. «Diese Abwesenheit, keine sehr fromme Maid, aber Gott wird sie jetzt züchtigen! So jung und gesund, wie die noch aussieht und die lässt sich operieren?» Eine hübsche Schwester kreuzte seinen Weg und er grüsste kurz. Ist Innen wie Aussen? Aber spielt das jetzt eine Rolle? Und er sinnierte weiter:

«Die Ärzte müssen auch ans Geld verdienen denken und so operieren sie eben was kommt. Und alle bekommen Arbeit, die Schwestern, die Chirurgen, ja die verdienen am meisten, das Putzpersonal und die Spitalküche bis zum Transporttaxi. Nicht zu vergessen die Blumenhändler, wenn man an die vielen Sträusse denkt, die da in den langen dunklen Korridoren in ihren Vasen dahinwelken und verfaulen. Sogar die Hauskatze freut sich, wenn sie von den Genesenden gestreichelt wird, diese Schmusekatze. Die Bestattungsämter müssen noch etwas Geduld haben und gehen leer aus. Auch die Krankenkassen müssen immer wieder über ihre Bücher gehen, oder ihre Bibeln. Ach ja, meine Bibel, ich muss wieder zurück im mein Bibelzimmer, da habe ich wieder meine Ruhe!»

Und eiligen Schrittes drängte er sich an den Krankenschwestern vorbei, durch die Korridore, hin zu seiner Klause und zündete sich zuerst eine Zigarette an. Der Aschenbecher war noch nicht geleert und war randvoll. «Darmoperation», dachte er hämisch, «diese typische Neuerscheinung einer übersättigten Zivilisation, Völlerei, und das ist eine Todsünde, von Rauchen steht nichts», und er paffte weiter an seinem Tabak. «Aber Gott straft sie alle, und jetzt müssen sie büssen und ihre armen Seelen sind noch nicht einmal bereit». Dann musste er ein paarmal husten.

Gottesvertrauen

«Sind sie bereit?» fragte die Schwester, als sie das Zimmer von Elisabeth betrat. «Sie müssen nochmals zur Untersuchung. Hier ist dann das Formular, das sie noch lesen sollten und es anschliessend unterschreiben, um es dem Arzt abzugeben».

Elisabeth las das Formular aufmerksam durch und fand, dass sie sich für oder gegen eine Reanimation entscheiden müsste. Als sie es dem Arzt reichte, war es unterschrieben mit «Ja». Dabei sagte sie aber zum Arzt, der Priester hätte gesagt, dass sie Gottesvertrauen haben sollte, und da wäre dieser Zettel doch gar nicht nötig gewesen. Er bekräftigte, dass das nur so ein Usus vor einer OP sei, alle Patienten haben es bis jetzt überstanden, mit grossem Erfolg.

Er rühmte sich mit einer Patientin, die sogar aus Übersee angeflogen gekommen sei, und sich schon wieder auf dem Rückflug befinde. «Aber meine Tante ist daran gestorben, ganz kurz danach und sie konnte sich nicht mehr erholen»! rief Elisabeth.

«Es braucht eben auch einen Willen zum Leben, aber den haben sie doch, nicht wahr», monierte der Mann im weissen Kittel.

«Es gibt nur ein paar kleine Einstiche, wobei ihnen nur eine Sonde eingeführt wird und sie werden nicht mal eine Narbe sehen danach». Er hatte Elisabeth voll und ganz überzeugt und sie schritt in bester Hoffnung durch die langen Gänge der Klinik, zurück auf dem Weg zu ihrem

Zimmer. Dort stand bereits der Wagen bereit, mit dem sie bald danach in den Operationssaal gefahren wurde.

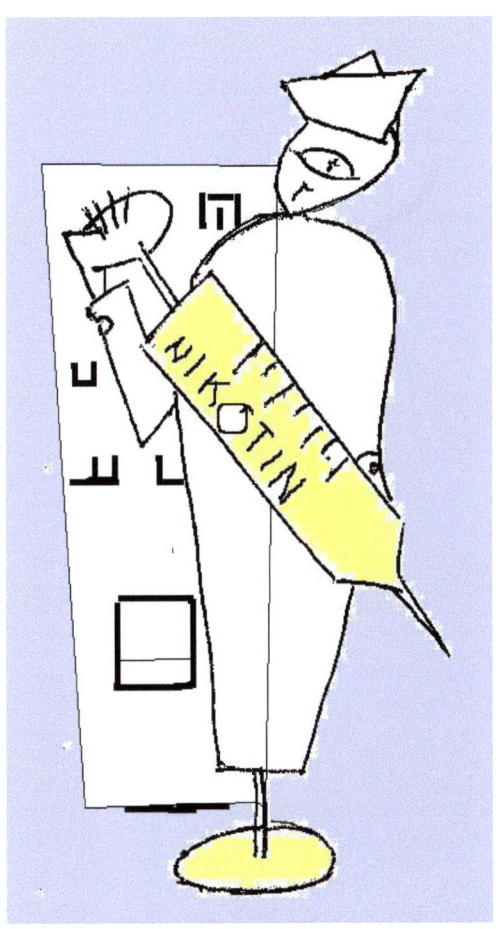

Die gute Bekannte

Zwei Tage später, nach dem Eingriff, steuerte sie mit dem Baum, an einer Kanüle angehängt erstmals wieder durch die Gänge. Von weitem kam ihr eine Frau, ebenfalls an dem fahrbaren Gestell, entgegen. Da gewahrte sie, dass es Susann war, eine gute Bekannte.

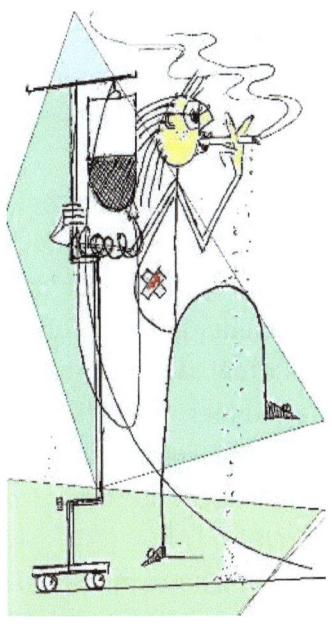

Das war für sie eine grosse Überraschung, diese hier in einer Privatklinik anzutreffen. Das gab ein Hallo zwischen Susann und Elisabeth: «Du auch hier, du auch, ja ich auch, ja wie geht's, was hast du?» Susann hatte eine havarierte Blase und musste diese schon mehrmals auskratzen lassen. «Das hat wieder einmal geschmerzt wie der Teufel!», zischte Susann, «aber du, was ist los?». Das tönte wie eine echte Anteilnahme.

Sie hatte ein ehrliches Gesicht mit einem scharfen Profil wie ein Adler, so ihr Blick, so ihre Nase, schwarz war ihr kurzgeschnittenes, scharf zurückgekämmtes Haar, aber gar nicht etwa anliegend, aber schwarz wie ihr Name. Elisabeth biss sich auf die Lippen:

«Der Darm spukt, aber ich bin bei einem sehr berühmten Chirurgen, seine Patienten kommen sogar aus fernen Ländern, mit dem Flugzeug. Eine ist schon wieder auf dem Rückweg!»

«Jetzt aber halt mal sachte, mit dem Fliegen ist da nichts nach einer Operation, die Wunden würden durch den Luftdruck sogleich wieder aufplatzen!» Sie fuchtelte energisch mit dem Zeigfinger durch die Luft.

«Ja meinst du, dann hätte mich der Arzt aber angelogen». «Die lügen alle, glaub mir, ne, ne, sie denken nur ans Geld!» So energisch wie Susann immer war, und alles dementierte oder angriff, was Elisabeth je erwog oder erzählte, so war sie es auch jetzt.

«Siehst du den Geistlichen dort vorne, der steckt mit ihnen unter einer Decke». Elisabeth sah sich um: «Wo, ich sehe keinen».

«Eben ist er um eine Ecke verschwunden, als er mich sah!» «Wieso meinst du?»

«Er wollte mir ins Gewissen reden, weil ich Raucherin bin, aber ich habe ihn ausgelacht, dabei raucht er selber». «Woher weisst du das?»

«Ich habe ihn schon dabei ertappt. Aber morgen gehe ich da weg und jetzt muss ich eins rauchen, kommst du auch?» «Hier drin, das geht doch nicht, hier ist rauchen nicht erlaubt, auch im Aufenthaltsraum ist es verboten». «Weiss ich, deshalb gehen wir jetzt auf die Terrasse». «Bei der Kälte?»

Sie schritten der grossen Glasumfriedung entgegen, schoben den Baum neben sich her, dann konnte man ein paar Schwestern draussen sitzen sehen, und ei, der Tausend, die Schwestern rauchten alle! Da sassen sie vergnügt in ihrer Pause und schlotterten kein Bisschen bei ihren Zigaretten. Das kleine Feuer der Glut brannte hungrig in der kalten Luft am Glimmstängel voran. Susann triumphierte: «Höre du, mein Arzt hat mir auch gesagt, dass es gesünder wäre für Raucherpatienten, wenn sie, um schneller wieder auf die Beine zu kommen, eben ihre Zigarette hätten». «Nicht schlecht, und durchaus logisch, so werden die Betten früher frei». «Logo!», das war typisch Susann.

Elisabeth wendete sich zum Abschied und sah Susann nach, wie sie mit ihrem Tropfbaum auf die Terrasse hinausdrängte. Sie sah die verschneite Landschaft durch die grossen Glasscheiben und wollte lieber zurück ins warme Bett. Aber auf ihrem Bett wurde es ihr bald langweilig und sie holte ihren Walkman hervor. Darin war ein jazziges Tonband von einer amerikanischen New-Orleans-Jazz Band, echt original im Delta-Stil. Das klang schon etwas verboten.

«I Ain't Got Nobody». Sie bewegte sich etwas zu den aufreizenden Rhythmen, dann sank sie erschöpft in ihre Kissen zurück und schaltete den Walkman wieder aus. Sie starrte zur Decke und dachte an Susann, aber sie würde ja morgen schon gehen, schade, sie hätte doch zumindest etwas Unterhaltung gehabt.

Jetzt hörte sie auf einmal, ganz deutlich eine Stimme im leeren Raum. Wo kam die her? Sie guckte wieder zur Decke hinauf und hörte wieder:

«Ja, es ist schlimm», es hallte wie Echo. Diese dunkle Stimme, so tief und sanft zugleich. Dort oben an der Decke war ein Loch, ein ganz kleines, da musste jemand hineingesprochen haben, aber wer? «Oder war das die Stimme Gottes? Wo ich doch immer so ungläubig bin, das kann doch nicht wahr sein!» Jetzt war sie total fertig und fiel in einen Dämmerschlaf.

Ein Versehen

Es öffnete sich die Türe und der Chirurg kam herein. Er stand vor ihrem Bett, als Elisabeth erwachte und in die Wirklichkeit zurückfand. Sofort sprach sie den Arzt an:

«Sagen sie bitte, ist dort oben jemand, der durch das Loch sprechen kann?» Er betrachtete sie nachdenklich: «Nicht das ich wüsste, wieso kommen sie darauf?» Sie erzählte ihm, was sie soeben gehört hatte. Er schüttelte den Kopf und sagte: «Ich muss sie noch einmal untersuchen. Als sie sich frei machte, fragte er entsetzt: «Wo haben sie denn ihren Gürtel?»

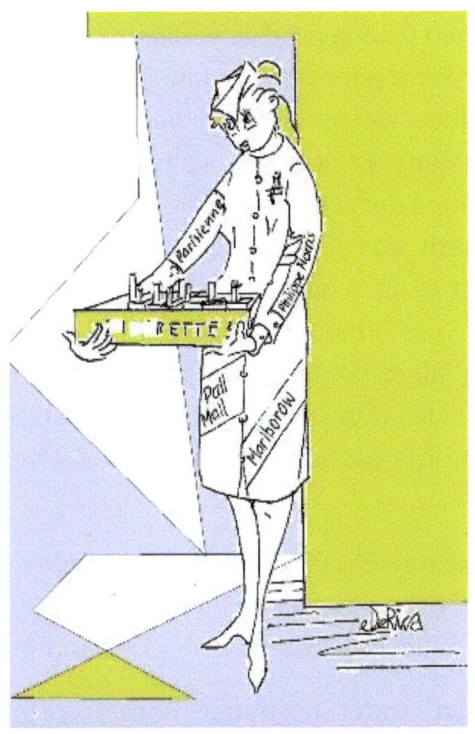

»Ich habe keinen». «Zeigen sie mal her, ich ver-
mute, dass ihre Wunde aufgeplatzt ist, ja leider,
sie müssen morgen nochmals zu einer kurzen
OP.

Hat ihnen die Schwester nicht den Bauchgurt
gegeben?» «Nein». Er wies mit dem Kopf zur
Wand hinter ihr: «Sehen sie dort auf dem Nacht-
tisch liegt er, den hätten sie unbedingt anziehen
müssen!» Der Arzt gab sich sichtlich Mühe, die

Beherrschung nicht zu verlieren. «Ich werde mit der Schwester noch reden. Tut mir leid für sie, bleiben sie schön ruhig liegen, also dann bis morgen». Er liess sich weiter nichts anmerken, verliess danach aber zornig das Zimmer und Elisabeth war wieder allein. «Ja nu», dachte sie, geht es eben noch etwas länger.

Die Türe öffnete sich abermals und die Schwester, mit rotem Kopf, kam mit einem Wagen herein: «Ich muss sie auf eine andere Station bringen, ihre Sachen aus dem Schrank nehme ich mit».

So wurde Elisabeth durch die Gänge gefahren, zum Lift, und er fuhr eine Etage höher in den Abteil E. Sie kam vorerst in ein Einzelzimmer.

«Jetzt findet mich der Priester nicht mehr, dachte sie enttäuscht, wäre doch eine Abwechslung gewesen», und sie schluckte die Schlafpillen, die ihr eine Schwester hereingebracht und ermahnend hingelegt hatte. Auch der nächste Tag mit der zweiten Operation ging einmal vorbei, aber sie fühlte sich immer schwächer, ausgehungert, wenn sie nicht den eisernen Willen zum Überleben gehabt hätte.

In der Sakristei

Er sass in seiner Klause und brütete vor sich hin: «Wo steckt denn nur dieses Luder?» Er konnte sie bei seinem letzten Rundgang einfach nicht mehr finden. Zuerst dachte er, sie sei im Aufenthaltsraum, oder auf der Toilette, aber in ihrem Zimmer waren zwei Neue und diese wussten nichts von ihr. Die Stationsschwester war auch nirgends zu finden gewesen. Auf dieser Station wusste niemand wo sie war. Jetzt sass er da und ging nochmals die Listen der Neuzugänge durch. Ist sie wohl gestorben? Eine Todesmeldung liegt nicht vor, die würde sowieso erst morgen eintreffen. Er erhob sich und goss seine kleinen Zimmerpflanzen nochmals nach, dann schlurfte er zurück an seinen Schreibtisch und zündete die grosse Kerze an, die darauf stand. Die heilige Maria leuchtete durch das weisse Wachs und warf Schatten an die Wand, und er löschte das Licht. So sass er im Halb-Dunkeln. «Ich sollte das Rauchen aufgeben»

und er tastete nach der Zigarettenschachtel in seinem Schreibtisch. Er zog sie hervor, aber er legte sie wieder hin auf den Tisch.

Er dachte lange nach, wann er mit Rauchen begonnen hatte. Wie konnte er diesem Laster jemals verfallen. Angefangen hatte alles mit der Pfeife, dem wohlriechenden Tabak, aber dann kam die Stunde der Verführung. War es eine dieser Krankenschwestern, oder war es die liebliche Patientin damals? Er konnte sich nicht mehr erinnern, zu lange war es schon her.

Diese Patientin von Zimmer 21, die hätte er gerne noch mal gesehen um sie zu warnen vor der Bekannten, welche er mit ihr zusammengesehen hatte. Die Andere war eine unbekehrbare Raucherin, aber Elisabeth, das wusste er, war es noch nicht. Da hätte es noch etwas zu retten gegeben, aber jetzt war sie vielleicht schon tot. Währenddessen wurde Elisabeth bereits künstlich ernährt. Sie schwebte in Todesgefahr.

Gespräche, supertheologisch

Spätnachts klopfte es an der Tür von Pater Patrik. Er horchte auf und rief: «Ja, wer da?», dann zündete er das Licht an. Er hatte Besuch von dem Pfleger der Seniorenresidenz, der letzten Station in diesem grossen Gebäude. Der Besucher wollte nur noch gute Nacht sagen, aber der Priester bat ihn freundlich herein.

Der Raum war nur schwach erhellt und er setzte sich zu P.P. an den Tisch. «Ich kann noch nicht nach Hause, meine Frau ist in den Ferien, und so allein ist es mir zu früh zum Schlafen. Aber ich möchte schon lange einmal über etwas reden».
P.P.: «Nur zu, mir kannst du vertrauen».
Pfleger: «Jetzt gegen Ostern, denke ich wieder an die Mysterien. Ich kann einfach nicht glauben an Marias unbefleckte Empfängnis. Sie war doch am Brunnen als die römischen Legionäre kamen. Da wurde sie überrascht und war kurze Zeit mit ihnen allein».
P.P.: «Bei Gott ist nichts unmöglich, nur erscheint es mir auch seltsam, vom klinischen Standpunkt aus». Pfleger: «Eine innere Befruchtung durch zwitterhaftes Geschlecht, sowas habe ich auch schon mal gelesen».

P.P.» Die Verkündigung des Engels allerdings, könnte wieder war sein, auch könnte sich der Engel unter die Legionäre gemischt haben». So der Pater.

«Aber die Auferstehung! Das ist doch unglaublich!» P.P.: «Ich glaube er musste zurück zu Gott. Vierzig Tage lang bewegte sich Jesus zwischen zwei Welten und seine Jünger sahen ihn mehrmals, wie er die Grenzen der Wirklichkeit überschritt und aus einiger Entfernung zu ihnen sprach».

Pfleger: «Und wie entschwand er ihren Augen jedesmal wieder? Bei seiner Auferstehung sahen sie ihn in der Luft und in einer Wolke entschweben. Das könnte genauso gut eine magische, optische Täuschung gewesen sein. Er könnte eine Luftspiegelung erzeugt haben.

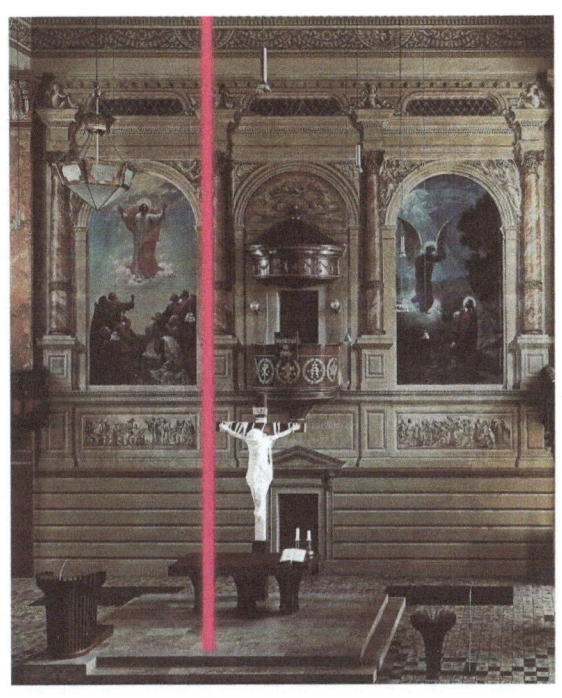

(Dies ist eine Installation in der Kirche Duttlin-
gen, DE, von Margareth Marquard-Hess, einer
Tochter meiner Cousine) Bandagierter Christus.

Jesus war auch ein grosser Magier. Ich habe da
ein Beispiel: Du stellst bei prallem Sonnenschein
eine Figur, irgendetwas, eine Vogelscheuche o-
der was auch immer vor diese Lichtquelle hin,
sodass du die Sonne direkt hinter ihr sehen
kannst. Du musst das Bild dann lange und

konzentriert betrachten, dann hebst du den Blich gegen den Himmel, vielleicht gegen eine zufällige Wolke und dann siehst du das Bild darauf abgebildet, so echt wie es in der Wirklichkeit war». P.P.: «Du bist ein Fantast, hast du das schon einmal probiert?» Pfleger: «Es ist mir bis jetzt noch nicht gelungen, aber warte, das kommt das nächste Mal. Man sah ihn auch schon in Indien». P.P.: «Woher hast du das?»

Pfleger: «Du kannst so etwas jederzeit auf YouTube aufschalten, die Wahrheit über Christus und solche Thesen. Er könnte nach Indien geflohen sein. Pilatus hat angeordnet, Christus nicht zu töten, sondern ihn nach der Kreuzabnahme aus seiner Gruft, unbemerkt in der Nacht, herauszuholen und ihm ein Geleit zu geben». P.P.: «Aber man sah ihn danach noch vierzig Tage, wie reimt sich das?»

Pfleger: «Jesus musste sich vor der langen Wanderung zuerst erholen um diese Strapaze auf sich nehmen zu können, er hatte viele Wunden». P.P.: Auch eine These».

Pfleger: «Höre, er kannte die Region von seinen früheren Wanderungen und er war schon einmal dort, bei einem Yogi. Mit seinen magischen Fähigkeiten ist er zur Zeit Johannes des Täufers in sein Land zurückgekommen, liess sich taufen und begann zu predigen und begann mit den Wunderheilungen. Es gibt Inder in hohen Bergregionen, die behaupten, er hätte bei ihnen gelebt und sei 186 Jahre alt geworden. Und sie haben auch kleine Abbildungen von ihm an den Wänden aufgehängt». P.P.: «Das sind doch Märchen, und wie steht es jetzt mit deinem Glauben?».

Pfleger: «Ich glaube an Gott und seinen Sohn, er war es dennoch!» P.P.: «Das glaube ich auch, du alter Zweifler!»

Die Beiden sassen noch eine Weile still zusammen, dann sagte der Pater: «Wann hast du nächstens deinen Freitag? Ich möchte auf eine Pilgerfahrt nach Einsiedeln, kommst du mit, es dauert nur zwei Tage». «Oh ja, eine Wallfahrt, das wollte ich schon lange einmal». Der Pfleger erhob sich und versprach erfreut daran teilzunehmen, dann verliess er den Pater in seiner Klause.

Die Rache   Der nächste Tag war für Elisabeth nicht sehr erfreulich. Sie ass zwar alles was man ihr brachte und fühlte sich schon besser. Da kam die Schwester der anderen, früheren Station plötzlich zu ihr herein und rief erstaunt, nicht eben freundlich:

«So allein? Und nicht einmal Blumen?» Dann war sie wieder raus. Sie wollte sich rächen, was ihr auch gelungen war. Das fuhr ihr durch die ganzen Gedärme. Sie hätte ihr am liebsten den Gürtel nachgeschmissen. Jetzt wäre Elisabeth froh gewesen um einen Besuch des Priesters, aber er kam nicht. Wie hätte er sie auch finden können, wo sie doch verlegt worden war. Und

Nachfragen an der Rezeption, das war wohl nicht Sache des Pfarrers, da fragten nur die Besucher. Sie griff zum Telefon und rief ihren Tierpfleger an, der ihre Katzen betreute. Sie erzählte ihm das Hässliche vom Blumenstrauss und bat ihn, wenn auch etwas beschämt, ihr bei seinem nächsten Besuch, einen solchen zu bringen. Dann schnallte sie sich den Gürtel um den Bauch zurecht und begab sich durch die Gänge. Sie spazierte, zwar immer noch behindert an ihrem Flaschenbaum, an diesem Tropf, rauf und runter, mit dem Lift in alle Etagen, und am nächsten Tag fühlte sie sich langsam stärker.

Sie huschte in ein offenes Stationsbüro wo sie eine Waage sehen konnte und prüfte ihr Gewicht. Oh, puh, nur noch 42 Kg. Aber sie hatte wieder Appetit. Bald kannte sie alle Stationen, aber sie suchte weiter und wollte herausfinden, wo sich der Pater befand. Wo ist der Priester? Und sie summte leise, wo ist der Tiger, wo ist der Tiger, wo . . ? -

Sie kam in einem höheren Zwischentrakt an einem alten Klavier vorbei. Da setzte sie sich hin und spielte so einfach wie möglich, so wie es ihr Zustand erlaubte, ein paar alte Delta-Blues. Ein Arzt ging vorbei und nickte ihr kritisch zu, «Ah, wie ein Profi!» blieb einen Moment stehen und ging weiter. Sie hämmerte weiter auf den defekten Tasten und begnügte sich mit denen die noch nicht verklemmt waren. Sie sah ihm nach. Die Wände waren hier in Holz verschalt, auch die Türen waren furniert, und es sah nicht mehr aus nach Klinik. «Hier irgendwo müsste der Pater sein», dachte sie ahnungsvoll. Sie hatte noch das Wochenende vor sich und müsste bis zur nächsten Woche bleiben. An Wochenenden war das Spital wie ausgestorben, denn da durften die meisten Patienten wieder nach Hause.

Auf Beobachtungsposten   Es ist nicht gesagt, dass lange Märsche durch Spitalkorridore nur langweilig sind. Von einem Fenster des Treppenhauses aus konnte sie z.B. auf die grossen Parkplätze hinuntersehen. Gegen Abend stellte sie sich immer dahin, und konnte ihren Chirurgen sehen, wie er in seinem weissen Kittel langsam den Weg zu ihrem Trakt emporschritt. Sie hatte jetzt keine Kanülen mehr am Arm und war nicht mehr am Baum angehängt. So konnte sie rechtzeitig in ihr Zimmer zurücksausen und ihn dort empfangen.

Von ihrem Beobachtungsposten aus konnte sie das ganze Spitalgeschehen überwachen, wer da kam und ging. Sie wusste schon bald, wann welche Schwester über den Parkplatz schritt und zu ihrem Auto ging. So sah sie auch immer die Schwester, oder eine andere Angestellte, die immer zuerst eine Zigarette rauchte bevor sie einstieg. Eine von ihnen wurde immer abgeholt, und sie kontrollierte akribisch, ob es immer derselbe war, Das war nicht immer so, und einmal lief eine Schwester in Tränen wieder weg und putzte sich die Nase mit einem Taschentuch. Was war das? Vielleicht hatte die Frau bloss den Schnupfen, oder sie hatte etwas vergessen und musste nochmals zurück, oder es war nur ihre Pause und das wäre tragisch.

Diese Frivolität, den andern nachzuspionieren, gab ihr das Gefühl, nicht die Einzige zu sein, welche zu leiden hatte. Trost fand man überall. Solch müssige Gedanken konnten leicht auftauchen bei dem langen Warten und Ausharren in Untätigkeit und im Üben von Geduld, bis zum Auswachsen.

Rauch in der Sakristei

Dann schlich sie wieder durch die oberen Etagen, wo sie das alte Klavier vorgefunden hatte. In diesem Trakt duftete es immer angenehm nach Holz und Politur. Sie begann die Schilder an den Türen zu lesen. Hier war ein Dr. Sowieso angeschrieben, dort hiess es 'Privat', oder 'Eintritt verboten'. «Fehlt nur noch 'Hausieren verboten', dachte sie und suchte weiter.

Am Ende des Korridors wurde es heller, und es tat sich ihr eine grosse Aula auf mit überdeckter Glaskuppel, die das Tageslicht von oben über den Raum warf. Es hatte zudem hohe schmale Fenster. In der Mitte, im Chor, stand ein einfacher Altar auf einem kleinen Podest und darum herum standen einige Reihen hölzerne Kirchenbänke. Das war die interne Kapelle für die Messen, für Taufen, Abdankungen und dem sonntäglichen Gottesdienst. An der letzten Ecke davor befand sich die Sakristei. Nun stand sie vor der Tür des Paters. Gefunden!

'Seelsorger, Pater Patrik, bitte anklopfen. Sie tat
es nicht. Oberhalb am Türrahmen gab es eine
kleine Glocke, und über der Türe war zudem ein
Schild angebracht, Bibliothek. Eine Weile stand
sie da und überlegte, soll ich läuten an der Glocke, aber eine innere Stimme hielt sie davon ab.
Die Türe hatte schöne Messingbeschläge und sie
bückte sich zum Schlüsselloch. Als sie durch-
blickte sah sie zuerst nichts als Nebel. Aber das
war kein Weihrauch, bei genauerem Hinsehen
konnte sie den Pater erkennen wie er am
Schreibtisch sass und rauchte.

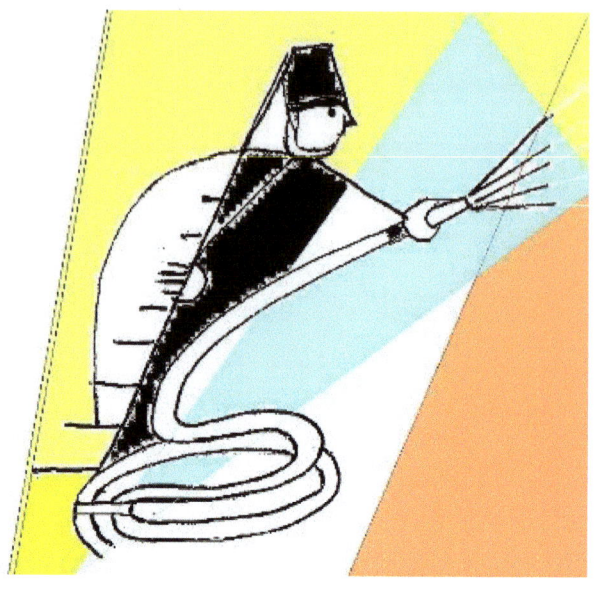

Sie war sehr erstaunt, der Geistliche schlotete wie ein Kamin. Das ganze Zimmer war voller Rauch und alles war in einen dichten Nebel gehüllt. «Wie ist das möglich?» dachte sie erschrocken. Den Qualm konnte sie auch schon riechen und ihr wurde beinahe übel. Schnell erhob sie sich wieder und stellte sich hinter die nächste Ecke um den Pater eventuell beim Herausgehen zu sehen. «Wenn das Susann sehen könnte», dachte sie. Er kam nicht, und sie entfernte sich leise, wie sie gekommen war.

Samstag, Besuchstag

Das war der Tag der vielen Blumen, der Rollstuhlfahrer, und des Blumenstrausses, den sie erwartete. Er kam pünktlich mit ihrem Tierpfleger. Das war gewiss eine grosse Geste, und sie bedankte sich herzlich. Sie wollte bezahlen, aber er nahm kein Geld an und verliess sie bald wieder. Sie bekam auch Besuch von ihrem kleinen Privatschüler, dem Joel, mit seiner Mutter. Ihr Zimmer war aber inzwischen wieder mit weiteren Patienten belegt worden, und diese hatten ganze Equipagen von Besuchern. Es wurde so laut und rege gesprochen, dass sie von ihren zwei Besuchern nicht viel hatte. Diese verabschiedeten sich infolge auch wieder bald. Fluchtartig verliess sie das überfüllte Zimmer und nahm nochmals einen Anlauf in Richtung Pater. Diesmal klopfte sie an, als sie vor seiner Tür stand.

Aber jetzt war er nicht mehr da. Sie sah auch keinen Rauch mehr durchs Schlüsselloch. «Ausgeflogen, wird auch mal Zeit, dass er an die frische Luft kommt», dachte sie. Und sie hatte recht, der Pater, was sie zwar nicht wissen konnte, befand sich im Zug auf seiner 'Pilgerfahrt' nach Einsiedeln.

TELEPATHIE

Vorwort   Kennen sie das Gefühl, dass sie jemand ruft, dass jemand an sie denkt oder möchte, dass sie anrufen? Oder sie haben das unbestimmte Gefühl, dass jemand hinter ihnen hergeht. Dann drehen sie sich um und bemerken, dass sie recht hatten, ohne dabei etwa einen Verfolgungswahn zu haben. Sie fühlen sich an einen bestimmten Ort hingezogen, wo sie jemanden treffen würden? Es ist diese telepathische Verbindung, zu jemandem, ohne es zu wissen, oder es vielleicht doch wollen. In so einem Moment bekommen sie einen Anruf von der Person und sagen dann: soeben wollte ich dich anrufen, oder soeben habe ich an dich gedacht. Manchmal zieht es sie mit aller Kraft dahin, an den Ort, den sie schon lange aufsuchen wollten.

Und so beginnt die Geschichte:

DER KIOSK

Hundert, sagte die Kundin am Ladentisch des kleinen Kioskes, wo sie immer ihre Zigaretten kaufte. Fünfzig, Zwanzig, je nach dem, was sie für eine Note zum Bezahlen hinhielt. Das mag sonderbar erscheinen, aber dem ging eine Streitigkeit, sozusagen ein Missverständnis voraus. Dieses entstand zwischen einem Kioskverkäufer und seiner Kundin. Diese behauptete kategorisch, mit einer Hunderter-Note bezahlt zu haben. Sie hatte jedoch nur Retourgeld für eine Zehnernote erhalten und wollte sich damit nicht abfinden.

Es war schon spät in der Nacht, kurz vor elf Uhr, dem Ladenschluss. Die Frau war sichtlich angetrunken. Als ich den Kiosk betrat, wurde ich Zeuge dieser Szene. Es waren noch zwei andere Männer da, Inder, welche dem Verkäufer halfen, und bekräftigten, es sei keine Hunderter-Note über den Ladentisch gegangen, sie hätten jedenfalls keine gesehen. Der Mann an der Kasse öffnete diese zum Beweis, und liess die anderen hineinsehen. Keine solche Note war da. Ich hatte den Zahlungsvorgang leider nicht von Anfang mitbekommen, sondern platzte eher mittenhinein, als das Debakel schon in vollem Gange war.

Jetzt brach ein heftiger Streit aus und die Frau tat mir leid, sodass ich sie aufforderte, doch mal in ihrer Börse nachzusehen, ob der Hunderter noch da wäre. Die sah mich böse an und wollte nichts davon wissen, sie lallte eher als dass sie sprach:

«Ich habe einen Hunderter eingeladen und jetzt ist er nicht mehr da!» «Vielleicht haben sie das eben nicht!» sagte einer der beiden Inder. Nach ihrem Aussehen mussten es Landsmänner des Kiosk-Inhabers sein. Der Verkäufer machte einen anständigen Eindruck und während dem ganzen Streit blieb er ruhig und gelassen. Es war ein sehr hübscher und sonst immer freundlicher Mann. Er hatte dunkle Haut, schwarzes, dichtes, glänzendes Haar und weit auseinander stehende dunkle Augen. Seine Frisur war gut gepflegt mit duftender Pomade, und seine Kleidung war farbenfroh und modisch. Er machte mir einen guten Eindruck, deshalb ging ich auch immer gern in diesen Laden.

Jetzt überlegte ich mir, wem ich glauben sollte, dieser ungepflegten und trunksüchtigen Frau, oder dem Inder. Ich entschied mich für ihn. Er konnte nicht so unehrlich sein und diese Kundin hintergehen. Als ich ihn nach seinem Heimatort fragte, sagte er, er sei Inder, aus Sri Lanka. Als die Frau gegangen war sprachen wir noch länger über sie. Er sagte, es sei eine gute Kundin, die oft viel einkaufe, aber immer angetrunken, kurz vor Ladenschluss noch hereinkäme. So wie heute, hätte sie manchmal kaum noch gerade gehen können. Sie schwankte und musste sich an allen Ecken festhalten. Also das war für mich eine klare Sache, und ich versicherte ihm, dass ich ihm glaubte.

Der Tick   Aber dann, das nächste Mal, als ich wieder etwas bei ihm einkaufte, da hatte ich meinen Tick, dass ich jedesmal beim Bezahlen die Note mit Worten begleitete, in ihrem Wert benannte, um sicher zu gehen. «Das ist kein Misstrauen, können sie mir glauben, es ist einfach wegen dem letzten Mal. Aber ich stehe zu ihnen, ich glaube ihnen, nicht dieser Trinkerin», sagte ich beschwichtigend zu ihm. Er war zufrieden, aber vielleicht doch etwas beleidigt. Er wurde wortkarg und öfters stand jetzt seine Frau hinter dem Ladentisch. Sie lächelte immer so demütig, dass ich sie ins Herz schliessen musste. Mit ihr konnte ich ein paar Worte reden, während jetzt aber ihr Mann auf einem niederen Stuhl daneben sass. In anderen Läden fuhr ich fort mit dem Tick, aber bei ihm liess ich es bald bleiben. Jetzt, wenn er wieder mich an der Kasse bediente, war er es, der diese Noten wieder in Worten ausmalte und ich musste lachen. Das Eis war gebrochen, aber der Mann war danach sofort wieder ernst, nur seine Frau schenkte mir weiterhin ihr zauberhaftes Lächeln. Oh, diese Leute aus Fernost, wie sind die doch manchmal schön. Dieses Ehepaar hatte ein feines Benehmen und sie bewegten sich in allem sehr anmutig, wobei sie durchaus bescheiden auftraten.

Eigentlich wollte ich nicht mehr so oft Zigaretten kaufen, aber es zog mich wie magisch immer wieder in diesen Laden, weil er mir so gut gefiel. Mindestens einmal pro Woche ging ich hin. Es gab da lauter faszinierende Dinge für mich, wie z.B. die orientalischen Wasserpfeifen in mannigfaltiger Art. Viele fremdartige Getränke-Flaschen zierten die Regale. Bonbons und Kaugummi lagen zuvorderst. Den Kaugummi konnte ich immer gut brauchen, um damit provisorisch meine Zahnlücken zu füllen, bis ich den nächsten Termin beim Zahnarzt hatte. Die Plomben vielen nicht etwa wegen dem Kaugummi heraus, sondern weil diese nur eine kurze Lebensdauer haben. Die Kräuterbonbons aus Minze, Holunder, Spitzwegerich, Salbei, Eibisch, Schafgarbe und Malve, all das war mir bestens vertraut, denn diese Kräuter wuchsen auch in meinem Garten.

Um nicht immer nur Zigis zu kaufen, wählte ich auch mal etwas aus diesem Angebot. Ich fragte auch nach Räucherstäbchen, die müssten sie doch auch haben, aber leider durfte der Inhaber diese nicht in seinem Sortiment führen, weil gleich nebenan ein Lebensmittel-Geschäft, ein wichtiger Quartierladen, dies nicht gerne sah und es dem andern verbot. Aber es gab noch manch anderes, neben den Zeitungen, um die Auslage zu erweitern. Da gab es z.B. den silberglänzenden Schmuck zu niederem Preis, der natürlich nicht echt war, und so manch anderen Kitsch. Aber es machte mir Spass, den Laden immer wieder, spät nachts aufzusuchen. Es war der letzte Rundgang vor der Nachtruhe, der mich nochmals in die Richtung zog.

In der Nacht, bei Regen, warfen die farbigen Glühschlangen und die Neonröhren im Fenster, ihr Licht auf den nassen, schwarzen Asphalt, der dann in allen Regenbogenfarben leuchtete und widerspiegelte. Immer standen noch ein paar armselige, junge Männer und Burschen davor, und rauchten, oder kippten ein Bier neben dem Eisbehälter an einem kleinen Rundtischchen, einem Steh-Bartischchen. Die Zeitungständer und Lottoscheine waren bereits eingeholt worden. Alle waren hier willkommen, auch die Clochards.

Dann kam auch noch einmal die Trinkerin vorbei und ich sah sie ein und ausgehen. Der Streit von letzthin musste also längst beigelegt sein. Die Frau sah man immer nur später, nicht früher als vor 22 Uhr. Sie mochte etwa fünfzig Jahre alt sein und hatte eine sehr übergewichtige Figur. Nicht schön, noch weniger sympathisch mit ihrem viel zu hoch gesteckten Haarknäuel, einem Putzfrauen Riebel. Dadurch erschien ihr käsiges, aufgedunsenes Gesicht noch krasser und runder, noch ausdrucksloser. Hätte etwas Haar in ihrer Stirne oder um die Ohren gespielt, so wäre sie vielleicht etwas hübscher gewesen. Wenn sie lief, schaute sie immer nur vor sich hin, immer gerade in die Richtung vor sich, nicht links noch rechts, als ob sie ein Brett vor dem Kopf hätte. Ich grüsste sie nie, oder nickte höchstens mit dem Kopf. Bei allen Passanten benahm sie sich so rücksichtslos und wäre ihnen nie ausgewichen. Ich wollte ihr aus dem Weg gehen, wenn sie wieder bei den jungen Männern stand und dort mit ihnen ihr wichtiges Palaver abhielt.

Diese Person, an der ich doch immer vorbeige- hen musste, fiel mir langsam auf die Nerven. Auch diese Männergruppe war für mich keine angenehme Gesellschaft, und ich hasste es, von ihnen angesprochen zu werden. Es waren nicht die Schönen, welche die Inder und die Tamilen sonst haben, und es waren eben immer auch die anderen Trunkenbolde dabei. Sie hatten grobe Gesichtszüge, einen harten und verschlagenen Ausdruck mit Narben in den Gesichtern. Lang- sam machte es mir keinen Spass mehr, zu dem Kiosk hinzugehen.

Träume   Seltsamerweise träumte ich aber manchmal von dem schönen Inder und seiner Frau. In diesen Träumen erschien mir der ganze Kiosk wieder wie eine Zaubermoschee, mit Buddhas und anderen schönen Figuren in Tempeln und mit Gazellen, Löwen und Leopar- den geschmückt. Elefanten mit kostbaren Tep- pichen belegt und vielen kleinen Glöckchen, schritten daher, wie in einer Zeremonie, ge- schmückt mit exotischen Blumen.

Nach solchen Träumen ging ich wieder einmal hin. Da sah ich zu meinem Erstaunen, dass das Glas an der Türe eingeschlagen worden war.

Lange Risse kreuz und quer zeichneten sich ab vor provisorisch angebrachten Klebestreifen. Ich trat ein, und auch da hatte sich etwas verändert. Der dunkelhaarige Verkäufer, der Inder, war an den Schläfen ergraut. Betroffen guckte ich ihn an und fragte: «Wie geht's?»

Er schien sehr abwesend. Ich konnte es nicht lassen und schüttelte den Kopf, indem ich bemerkte: «Sie haben ja so schöne, graue Schläfen bekommen, ist das echt?», heuchelte ich. Er wischte betrübt mit einer Hand durch die Luft und sah mich fragend an. «Verzeihen sie, aber ich finde, sie sind noch so jung und so ein schöner Mann». Das rutschte mir eher blöderweise heraus, doch zum Glück hörte er es kaum, oder doch? Ich genierte mich und dachte: Das war jetzt nicht anständig von mir, aber ich konnte es mir verzeihen, er mir vielleicht auch; es war wegen der zerschlagenen Türe, dass ich die übliche Hemmung für einen Moment verlor. Er griff nach meiner Zigaretten-Marke, ohne dass ich diese verlangt hätte, er wusste sie bereits, und legte sie wortlos vor mich hin und ich bezahlte. «Zehn», sagte ich lächelnd, und er nickte müde zurück.

Dann verging wieder etwas Zeit, und als ich wiederum in seinem Laden stand, war er völlig ergraut und mager im Gesicht geworden. Seine schöne Frau sass neben ihm in einem leuchtendgelben Sari und wir sprachen ein paar Worte miteinander. Wir waren in Sri Lanka. «In den Ferien?» fragte ich. «Nein, sie schüttelten beide den Kopf. Ich dachte: vielleicht waren sie an einem Begräbnis.

Eben kürzlich, wir datieren 2019, berichteten die Zeitungen von blutigen Anschlägen und Revolten in ihrem Land. Ich wartete noch einen Moment, ob sie mir etwas sagen würden bevor ich den Laden verliess. Ich hatte das Thema nicht angesprochen und sie sagten auch nichts dergleichen. Besser so, dachte ich, und lief langsam nach Hause und bedauerte, dass nichts wie in meinen Träumen war, was sie mir hätten berichten können. Es war wohl ganz anders. Die zwei waren sicher nicht arm, mit ihrem vielen Goldschmuck, den sie immer trugen, aber sie waren es vielleicht doch in ihrer Weise. Die nächsten Male war nur noch seine Frau im Laden, aber sie lächelte wie immer voller Demut mit ihrem schönen ovalen Gesicht und dem roten Punkt auf ihrer Stirne, der zwischen ihren dunklen Augenbrauen leuchtete.

Nirvana

Nach einiger Zeit träumte ich abermals von diesen zwei Indern und ihrem Kiosk. Soll ich heute hingehen, dachte ich jedesmal, bevor ich es denn doch zögernd tat, ich wollte ja keine Zigaretten mehr, jedenfalls immer weniger. An einem Morgen, als ich wieder von so einem Traum erwachte, machte ich mich auf den Weg, es war schon am späten Vormittag. Direkt vor dem Kiosk, gibt es eine Busstation, und viele Leute standen bereits davor und warteten auf den Bus.

Das Glasfenster an der Türe war noch immer nicht repariert, aber ich trat ein. Sonderbar, es war niemand da, und die ganze Auslage war ungeschützt. Ich wunderte mich sehr und sah mich ein wenig um. Da gewahrte ich, seitlich tief unten neben dem Ladentisch eine Figur im Halbschatten, den Inder, der in einem niederen Stuhl zurückgelehnt scheinbar schlief. Verblüfft näherte ich mich ihm und überlegte, ob ich ihn wecken sollte. Dann stand ich direkt neben ihm und meine Hand griff sachte nach seiner herab-hängenden Schulter. Vorsichtig berührte ich ihn und wartete auf eine Reaktion. Mein Herz klopfte wie wild vor Angst, aber ich erwartete, dass er sogleich die Augen öffnen würde. Ich traute mich nicht noch einmal, ihn besser anzu-tasten um zu prüfen, ob er schon kalt sei. Zu meinem Schrecken kam immer noch keine Re-aktion, keine Rührung auf seinem grauen Ge-sicht und ich wartete immer noch, dass er end-lich die Augen aufschlug. Ich dachte: Vielleicht will er nur prüfen, ob jemand etwas stiehlt, oder ist er etwa tot?». Er müsste doch jetzt erwa-chen, nachdem ich leise Hallo gerufen hatte. Nichts rührte sich an ihm. Jetzt muss ich aber unverzüglich Hilfe holen, schoss es mir durch den Kopf. Sofort reanimieren!

Da trat unversehens eine junge Frau in den Laden und ich zeigte ihr sofort den unglücklichen
Mann wie er schlaff in seinem Stuhl lag. «Können sie die Sanität anrufen, irgendwelche Hilfe
holen? - Ich habe kein Handy bei mir». Sie rief

gehetzt nein, und wendete sich bereits wieder dem Ausgang zu: «Oh, tut mir leid, ich kann nicht, mein Bus kommt!». Sie stürzte zur Tür hinaus, ich sah ihr entgeistert nach, und sie konnte in letzter Sekunde noch durch die Wagenöffnung hineinschlüpfen, bevor sich die Türe automatisch schloss und der Bus abfuhr. Jetzt rannte ich in den Laden nebenan und versuchte dort Hilfe zu holen. Dem Verkäufer schilderte ich in aller Kürze den Fall und er kam sofort mit mir in den Kiosk zurück.

Wir standen nicht länger als sechs Sekunden vor dem Schlafenden, als dieser urplötzlich die Augen aufriss und nur den Kopf schüttelte. Das war alles. Er war wiedererwacht und stand seelenruhig auf, als ob nichts gewesen wäre. Auch kam wieder etwas Farbe in sein Gesicht. Der Verkäufer vom Nebenladen ging wieder zurück und brummelte etwas Unverständliches vor sich hin. Ich stand nun allein da, vor dem Inder und fragte: «Wiederauferstanden?» Ich sah ihm dabei genau in die Augen, aber er wich mir aus. «Was war das? Fragte ich neben allem was man da sonst so sagt in so einem Fall. Sein Blick schweifte schwer zu dem Fenster hinüber, in die Ferne hinaus. Jetzt fragte ich ihn unverblümt:

«War das soeben eine Yoga-Übung?» Seine Augen bewegten sich von einem Winkel zum andern. «Waren sie in Trance?», forschte ich weiter. Er antwortete nicht auf diese Frage, er sagte nur: «Sie sind gekommen». Dabei legte er wieder meine Zigaretten-Marke auf den Ladentisch vor mich hin. Mein Mund öffnete sich und ich holte tief Atem bevor ich sprechen konnte: «Hat man da noch Töne? Ja, es ist ihnen gelungen!» War ich sein Medium gewesen, wer kann das wissen? Als ich nach einiger Zeit wieder mal an dem Kiosk vorbei ging, sah ich noch mehr zerschlagene Scheiben an den Auslagefenstern und stellte fest, dass dieser endgültig geschlossen hatte.

Eine andere, ähnliche Begebenheit, nicht ganz dieser Art, erlebte ich wieder durch einen Traum.

DER MUSTERSCHÜLER

Damals, an unserer Schule, zweite Sekundarklasse, hatten wir einen Schüler, der in allen Fächern brillierte und von allen bewundert wurde, auch von mir. Am besten war er im Kopfrechnen, da war er unschlagbar. Der würde bestimmt mal eine grosse Karriere machen, vermutete ich. Viele Jahre danach, als wir alle ins Leben der Erwachsenen hinausgespült wurden, dachte ich bei besonderen Gelegenheiten manchmal an ihn. Aber dann vergass ich diesen Schwarm ganz und war in meinem Alltag gefordert. Von Träumen hielt ich nicht viel, oder hatte gar keine Zeit, denen nachzuhängen, wenn ich überhaupt mal träumte.

Aber dann, ohne dass ich noch an den Jungen gedacht hätte, erschien er mir in einem Traumbild. Er watete eben aus dem Wasser und näherte sich mir langsam. Das Wasser war tiefblau und wie ein grosser See. Dann verflog das Bild wieder, auch konnte ich mich nicht an noch mehr aus diesem Gesicht erinnern. Es war alles, aber vielleicht doch viel, jedenfalls genug. Es reichte, dass ich am nächsten Abend einen Kreis in der Stadt aufsuchte, den ich nicht so gut kannte. Ich schlenderte planlos durch belebte Strassen und Gassen, an Wirtshäusern vorbei, und genoss den warmen Abend. Das Quartier war stark belebt und bot so manche Abwechslung und einladende Schaufenster. Es gibt dort attraktive Bars und Kneipen aller Art. Dennoch ging ich ziemlich uninteressiert vorbei, an all dem, vorwärts und immer weiter. Ich suchte nichts, hatte keine Wünsche, dachte nicht einmal viel, bisweilen gar nichts und spazierte und bummelte.

Von einer fernen Kirche her, hörte ich acht Uhr schlagen. Dann bekam ich doch irgendwann einmal Lust auf ein Bier, als ich vor einer Kneipe stand, aus der laute Stimmen drangen. Ich trat ein und sah mich nach einem geeigneten Platz, einem freien Stuhl um. Nachdem ich mich durch die Menge gewühlt hatte, wurde ich fündig an einem bereits belegten Tisch. Ich setzte mich hin, in dem stark besuchten und randvollen Lokal und wartete auf die Bedienung. Meine Augen schweiften überall hin durch die Wirtschaft, und dann entdeckte ich auch den Kellner, eine hochgewachsene Figur. Ich betrachtete ihn etwas genauer, sah ihn aber nur von hinten, oder von der Seite.

Die Entdeckung   Aber da, bei genauerem Hinsehen, bei der Profilansicht, stutzte ich etwas. Der Mann kam mir irgendwie bekannt vor. Wo habe ich den schon einmal gesehen? Ich durchforschte mein Gedächtnis, aber es dauerte nicht lange und ich erkannte, dass das der Musterschüler von damals war. Wie gebannt sass ich da, als er mir das Gesicht zuwendete und zu mir kam, um die Bestellung aufzunehmen. Ich riss beide Augen auf, wie war das möglich?

Letzte Nacht hatte ich ihn in meinem Traum, nach so langer Zeit wiedergesehen, und nun stand er leibhaftig vor mir. Er war es ganz bestimmt, das hörte ich auch aus seiner Stimme. Sie war gleich wie damals, als er den Stimmbruch bekam, dunkel, freundlich und in seinem angestammten Berner Dialekt. Schmal und hochgewachsen stand er vor mir. Er hatte keinen Schaden erlitten, sah in etwa gleich aus wie damals, natürlich reifer, und jetzt wie ein Mann. Sein ovales Gesicht war dasselbe, Haar und Augen gleich, und auch seine Frisur, die er immer so elegant zurückgestrichen trug. Sein Kopf war so hoch über mir, dass ich keinen rechten Augenkontakt bekam und ich musste mich beeilen, meine Bestellung aufzugeben. Ich hauchte: «Ein Helles, eine Stange bitte». «Geht in Ordnung», sagte er lässig, und weg war er.

Er hatte mich nicht erkannt. Ich sah ihm nach, wie er durch die vielen Gäste zur Theke hinsteuerte. Von dort aus konnte ich ihn nochmals besser betrachten in seinen Bewegungen, wie er in schwarzer Kleidung mit weissem Hemd und einer weissen Kellner-schürze, diesem umgebundenen Tuch, vor dem Tresen stand und das Bier abzapfte. Dieser hochbegabte Schüler ist also Kellner geworden. Er hätte doch einen hochdotierten Beruf erlangen müssen. Ingenieur wäre annehmbar gewesen, oder zumindest Bankangestellter, oder Kapitän auf einem Hochseedampfer wäre auch passend. Wie war das nur möglich, vielleicht ist er in ein Wirtschaftsfach gegangen, wollte reich werden und hat Pleite gemacht? So fragte ich mich und konnte es kaum fassen. Aber ich erwog auch sein Schicksal nach seiner Herkunft, so, wie er damals schon Waise war, Vollwaise oder nur Halbwaise, das wusste ich jetzt nicht mehr so genau. Damals wohnte er in dem Knabenheim 'Gfellergut'.

Als er zurückkam, stellte er das Bier vor mich hin und ich bezahlte sofort. Dann drängte er sich wieder durch die vielen Gäste, die schon wieder nach ihm riefen. Ich nippte an meinem Bier und wartete, völlig in meine Gedanken versunken, noch eine ganze Weile. Es war so viel Betrieb rundherum, dass ich ihn hätte rufen müssen, um irgendetwas zu sagen oder zu fragen, aber ich liess es dabei. Vielleicht komme ich morgen wieder, begnügte ich mich, und dann verliess ich das Lokal.

Wäre es dieser Traum nicht gewesen, der mich auf unerklärliche Weise direkt in das Lokal geführt hat, d.h. in seiner Nachwirkung hinlenkte, in ein Lokal, das ich überhaupt nicht kannte, hätte ich alles wieder vergessen. Ich wäre nicht mehr zurückgekehrt, denn ich hatte Grund zu zweifeln, ob er es wirklich war, der Schulkamerad von damals. Kamerad zu nennen ist vielleicht etwas zu viel gesagt, Mitschüler sicher zu wenig, Schulfreund, heimliche erste Liebe, oh, man wagt es ja kaum zu denken. Er hatte mich nicht erkannt. Aber es liess mir keine Ruhe und ich machte mich nach ein paar Tagen wieder auf den Weg, dorthin. Zuerst hatte ich einige Mühe, die richtige Strasse wieder zu finden, denn all die verzweigten Gassen waren verwirrend. Aber dann fand ich es doch endlich und stand davor, vor der alten Kneipe zum Anker. Ich dachte: Hier bist du also gestrandet, dann trat ich ein.

Die Erinnerung

Es war Nachmittag und das Lokal war ziemlich leer. Zwei, drei Gäste, das war alles neben etwas Musik aus einem Lautsprecher, mit den üblichen Radiokommentaren. Das Lokal wirkte verschlafen und dämmerte vor sich hin. Ich setzte mich an einen Tisch und wartete. Nichts los hier, ob er heute Dienst hat, fragte ich mich. Aber dann kam er aus der Küche hervor und ich sah ihn schon von weitem und mein Herz klopfte vor Spannung. Ich dachte:

Wenn er mich nicht zuerst erkennt, und mich nicht darauf anspricht, so tu ich es selber. Fragen kostet ja nichts. Dann stand er vor mir und sah mich von oben an. Ich wartete ein paar Sekunden, er war wieder so hoch über mir, der grossgewachsene Kellner, und ich sah zu ihm hinauf. «Nun, was wünscht die Dame?» fragte er gedehnt. Jetzt gab ich mir einen Ruck:

«Verzeihung, aber ich glaube sie zu kennen. Peter, forschte ich, Peter, du bist es doch?» Er antwortete trocken: «Peter, aber schon! Sie kennen mich?» «Aber sicher, Peter Münger, aus der zweiten Sekundarklasse!». «Ja jetzt, warte mal, ich glaube ich erkenne dich, wie war doch dein Name?» Heidi, Susann Preisig, Marlies Fenner,

Attinger, wen hatten wir denn noch, Adelheid, nein ich kann mich nicht erinnern. Aber du bist doch die Kleine mit den engen Bluejeans aus der Bank vor mir?» «Ja die bin ich.» «Wie kommst du hierher?» «ich hatte einen Traum letzte Woche, der brachte mich, ich weiss nicht wie, auf die Spur». «Seltsam, ich auch, hatte so einen schweren Traum, warte mal, ich hol dir noch ein Bier». Schlurfend lief er zur Theke und zapfte ab. Also doch, dachte ich. Er kam zurück mit einer Stange Hell und stellte sie vor mich hin.

Schon wollte er sich wieder umdrehen. «Warte mal, geh nicht gleich wieder weg, ich möchte dich noch etwas fragen. So blieb er stehen. «Setzt dich», bot ich ihn auf. Er überblickte das Lokal, dann setzte er sich zu mir hin. Ich begann: «In meinem Traum sah ich dich aus dem Wasser schreiten!»

Er horchte auf: «Wirklich, Sapperment, du hast es ja! Also was ist, was willst du noch wissen?» «Eben das mit dem Wasser!»

Ich unterliess es noch weiter zu fragen, warum er hier als Kellner arbeite, es wäre taktlos gewesen. Ich sah ihn jetzt erst recht in einem höheren Beruf. Jetzt räusperte er sich: «Das mit dem Wasser hast du richtig gesehen, ich hatte

Schiffbruch erlitten». Gespannt hörte ich ihm zu und er begann zu erzählen:

«Ich hatte eine kleine Segelschule unten in Marseille. Ich verdiente dabei genug, um ein angenehmes Leben zu führen. Ich hätte sogar reich werden können. Ich traf da viele Prominente aus den ganzen Küstenregionen bis nach

Monaco. Beim Segeln traf ich lauter fröhliche Menschen, und manchmal sogar Freunde von dem Baron de Massy, und seinem Vater Aleco Noghes. Ich segelte die ganze Riviera ab. Viele andere aus dem Jetset wurden da zu meinen Freunden».

«Ist ja spannend, erzähl weiter». «Ja, so höre weiter. Der Unterhalt von so einer Jacht kann manchmal teuer werden. Viele von ihnen waren oft knapp bei Kasse, so auch, als ich mal dringend Geld benötigt hätte, als mir eine Jacht durch einen Sturm beschädigt wurde. Marseille ist wie ein Auffangbecken für den Mistral und der Wettergott war mir nicht immer gnädig. Jetzt hatte ich nur noch eine, auf die ich meine ganze Hoffnung setzte.

Segelregatten

Aber das Schicksal wollte es anders. Ich begann
an Segelregatten teilzunehmen und manchmal
gewann ich auch. Diese Regatten führten zum
Teil bis über den Atlantik. Als ich dann von so einer Fahrt zurückkam, da erhob sich ein mächti-
ger Sturm. Gibraltar konnte ich noch glücklich
passieren, was sicher nicht leicht war, doch
dann fuhr ich völlig erschöpft ins Mittelmeer

ein. Das Wetter wollte aber nicht bessern und war noch schlimmer als zuvor. Es zog ein Nebel auf, so stark, dass man kaum noch einen Meter weit sehen konnte. Man hörte die grossen Frachter hupen und mein Schiffskoch überholte nochmals die Nebellampe, als wir uns schon Marseille näherten.

Da geschah das Unglück. Wir wurden von einem Fischerboot gerammt. Zum Glück war es kein grosser Frachter. Aber unsere Jacht war demoliert und begann zu sinken. Wir mussten sie verlassen und so schwammen wir zur nahen gelegenen Küste und konnten uns retten. Das Boot war verloren und ich damit ruiniert. Völlig pleite trieb ich mich in den Docks herum und hielt Ausschau nach finanziellen Mitteln. Auch die anderen Segler hatten Schaden erlitten und so konnte mir keiner etwas Geld leihen. Es reichte gerade noch für ein Bahnbillet und um den Koch auszubezahlen. Anheuern kam für mich nicht in Frage und so bin ich in die Schweiz zurückgekehrt. Als erstes sah ich mich für Arbeit um und fand diese Stelle hier als Kellner».

«Das ist doch schon traurig für dich, hat die Versicherung nicht bezahlt?» «Ich hatte keine, konnte es mir zum Schluss nicht mehr leisten». «Du wärst doch sicher lieber wieder auf deinem Boot?» Er griff sich an die Schläfen: «Ja, ja, lächelte er, jetzt spare ich eben, bis ich das alles wiederhaben kann. Ich will wieder zurück aufs Meer, du kannst mich dann einmal besuchen». Jetzt wollte ich aber noch etwas anderes wissen: »Ich hätte da noch eine Frage; wie war das mit deinem Traum, was hast du gesehen?» «Wie, mein Traum, ach so, das weiss ich jetzt nicht mehr, ich habe alles vergessen. Aber ich glaube es war da etwas von Schülern, oder von einer Schulklasse». «Waren da ein paar Mädchen?» «Ja, könnte sein, aber ich kann mich nicht mehr erinnern an die Details. Möchtest du noch ein Bier?» Ich nickte. Er holte es und kam sogleich zurück und wir sprachen weiter, und ich begann: «Du weisst nicht mehr, dass du von mir geträumt hast, aber es muss so sein». Er dachte etwas nach: «Ich weiss jetzt nicht ob du in meinem Traum warst, aber damals, vor ein paar Monaten, als das Unglück geschah, da habe ich an dich gedacht, an unsere Schule und meine Jugend und ich schwamm immerzu und da dachte ich an dich».

Als ich Jahre später eine Einladung für ein Klassentreffen bekam, war er nicht mehr auf der Liste.

DAS AUGENWUNDER

Vorwort

Was hier beschrieben wird ist ein authentischer Bericht. Jedoch kann ich leider nicht empfehlen, das schlussendliche Geschehen nachzuahmen. Es ist ein Mysterium, das ich aber versucht habe aufzuklären.

Die Leidenszeit   Der   Schulbeginn mit der ersten Klasse, Primar, brachte es mit sich, dass man mich zum Augenarzt schickte. Ich bekam eine Brille, weil das rechte Auge schwächer war, und damit schielte. Auch das linke Auge hatte nicht die gewünschte, volle Sehkraft, aber es war weitsichtig. Damit konnte ich sehr gut die Vögel in den Bäumen erspähen, wie mit einem Sperberauge.

Wie war ich unfroh, als man mir zumutete, eine Augenklappe über das gute Auge zu binden, um dadurch den Sehmuskel des rechten Auges zu trainieren. Ich zog diese bald wieder herunter. So half das nichts und ich schielte weiter, und war dem Gespött der Klassenkameraden ausgesetzt. Im Winter, wenn der Schnee hoch lag, versuchten die bösen Schüler, mich darin zu vergraben, und ich musste mich mit allen Kräften gegen sie wehren. Einmal lief das sehr blutig ab, auf beiden Seiten, und am Schluss stand ich blutüberströmt da, allein, und ich schämte mich so sehr, dass ich erst abends, als es schon dunkel war, langsam nach Hause schlich. Auf Umwegen konnte ich verhindern, dass mich niemand so sah. Zuhause schlüpfte ich rasch ins Badezimmer und reinigte, so gut es ging, Mantel, Kleid und Schürze. Am schlimmsten war die Schürze dran, denn den Mantel hatten sie mir zuvor heruntergerissen. Dann wusch ich auch mich sauber, sodass meine Eltern nichts davon sehen konnten. Ich wollte nicht, dass sie sich meinetwegen Sorgen machten.

Ein andermal vergruben sie meinen Thek im tiefen Schnee, sodass ich, ohne ihn zu finden, in das Schulzimmer musste. Die Lehrerin, die mich in der Klasse ohne Thek und meine Schulbücher sitzen sah, ging der Sache nach, und die Schüler mussten mit ihr hinaus, während es stark schneite. Erst nach einer halben Stunde wurde der Thek wiedergefunden. Die Schüler kamen kleinlaut und frierend in die Schulstube zurück, wurden gerügt, aber wer oder welche es waren bei dem blöden Streich, das ist nie herausgekommen.

Einzig die paar Schüler, die zu mir nett waren, konnte ich von dieser Untat ausschliessen.

Ich war jetzt erst seit einem Jahr und ein paar Monaten in dieser Klasse, denn ich kam aus einem anderen Schulkreis hierher. Es war der letzte Kreis und bestimmt ein sehr roher und kein feiner. Neuzugezogene mussten sich erst einmal beweisen können und als sie mich dann sahen mit einer Brille, war der Faden total entzwei. Hinzu kam, dass ich beinahe die Kleinste war, denn ich war um ein Jahr jünger als sie, weil ich schon im Alter von sechs Jahren in die Schule eintrat.

Einmal, es war im selben Frühjahr, als die Schneeglöckchen schon aus dem Schnee guckten, wollte ich so ein Blümchen pflücken. Wie ich dabei war und mich eben bückte, hörte ich eine empörte Sti8mme hinter mir: «Was hast du da? Du hast hier nichts zu suchen! Zeig mal her was du da in der Hand hast, was du da gemacht hast!». Ich hielt das Blümchen schon in der Hand und sah erschrocken auf. Über mir stand die Bäuerin des Areals. Sie war mir sofort unsympathisch und mir war klar, dass da leugnen oder verstecken nichts half. Mir kam das alles so überrissen vor, und obendrein geizig, und ich wollte weiteren Ärger vermeiden und mich entschuldigen und sah ihr dabei dummerweise in die Augen, welche vor Bosheit glühten. Dabei fiel ihr natürlich mein Schielen auf. Mit spöttischer, gottverächtlicher Miene schimpfte sie weiter auf mich los: «Zeig mal her was du da gemacht hast!». « Du Schieli-Moigg, du kleine Diebin, gib das sofort her!» Dabei klatschte sie mir eine kräftige Ohrfeige, dass ich kopfvoran in den Schnee fiel. Das tönte ja noch grausamer als die Flüche meiner Mitschüler. Von denen hörte ich höchstens 'Brillenbär' oder 'die mit dem Gebrüll'.

«Es heisst nicht Gebrüll, sondern Brille», verteidigte ich mich jeweils. Jetzt zog ich doch gelegentlich wieder die schwarze Augenbinde übers Gesicht, dass ich dabei wie ein Pirat aussah, aber das gefiel den Schülern wieder nicht, und sie konnten nicht genug dumme Witze darüber machen und mich auslachen. Das rechte Auge genügte auch nicht für den Unterricht, und ich war dadurch langsam gehemmt beim Lesen, und so musste ich dies, auf Anraten der Lehrerin, auch bald wieder unterlassen. Für den Heimweg wollte ich die Augenklappe auch nicht mehr tragen, denn ich fühlte mich dabei unsicher und der Öffentlichkeit preisgegeben.

Das war nun schon eine lange Zeit her, als ich bereits elf Jahre alt war und immer noch schielte. Dies mag der Grund gewesen sein, dass ich meine Freundinnen nicht besonders auswählen konnte und mit schwächeren oder jüngeren Vorlieb nehmen musste. Ich musste mich begnügen mit denen, die zu mir nett waren und meinen Kontakt suchten.

Und ich hatte keine grosse Auswahl. Manchmal wurde ich von einer netten israelischen Familie zum Essen eingeladen, das freute mich immer so sehr, dass ich ihnen nie verriet, wie sehr ich ihre Leberknödel verabscheute, mir nichts anmerken liess und diese immer bis auf den letzten Bissen hinunterwürgte. Sie hatten Kinder in meinem Alter, aber die gingen in eine Privatschule, und somit war der Kontakt mit ihnen nicht schulübergreifend und nicht so förderlich.

Weiter war da auch ein Mädchen in unserem Haus, das ging in die Spezialschule. Die Spezialschule war verrufen und galt für die

Dümmeren, Faulen, Ungehorsamen und weiteren Randfiguren, wie solchen aus geschiedenen Ehen. Sie wurden von Kindern aus höheren Klassen, wie auch meiner, gemieden. Das Mädchen hiess Verena und gesellte sich auf dem Heimweg der Schule immer zu mir. Ich hatte nichts gegen sie, aber meine Mutter sah das gar nicht gern. Sie sagte zu mir: Dieses Mädchen hat keinen guten Einfluss auf dich, das ist kein guter Umgang, sie wird dich noch schlecht beeinflussen!»

Verena ist mir eigentlich nie dumm vorgekommen, sie war bloss sehr hübsch, hatte blondes Haar, blaue Augen und war noch frecher als die Spatzen. Auch sie jedoch, spöttelte über meine Schielerei. «Schade um dich»! Aber ich nahm es ihr weiter nicht übel. Von einer Spezialklässlerin konnte ich ja auch nicht allzu viel erwarten.

Bald fand ich ein eigenes Augen- Training heraus, welches ich so viel wie möglich übte. Wenn ich jemanden ansehen musste, wendete ich den Kopf immer zur Seite, mit dem schwächeren Auge voraus, sodass ich dieses zum Sehen zwang. Dadurch konnte ich mein Schielen verbergen. Nur war ich jetzt eben die, mit der schrägen Kopfhaltung, also in Schieflage. Aber ich hoffte auf Besserung und es wurde mir schon zur Gewohnheit. Ich wagte schon gar nicht mehr, meine Augen direkt auf das gegenüberliegende Augenpaar zu richten und schämte mich dabei manchmal so sehr, dass ich sogar rot wurde. Die anderen konnten nicht verstehen warum. Aber ich bekam ein paar neue Freundinnen dadurch. Sie alle wussten nichts von meinem Leiden, das ich geschickt verbergen konnte. Verena wurde oft eifersüchtig auf sie, und pöbelte die anderen an, sodass diese rasch die Flucht ergriffen. Sie hatte ein auffallendes Benehmen und ein ausserordentliches Temperament und wurde rasch zornig.

So war es auch in ihrer Familie. Die Eltern stritten so heftig miteinander, dass man es bis zu uns hinauf hören konnte. Es gingen Sachen in die Brüche, dass es nur so knackte und klirrte und man vernahm, dass die Türen ins Schloss geknallt wurden. Am anderen Tag stand wieder ein kaputtes Möbelstück am Strassenrand und es war ja klar wo das herkam. Schreien, Fluchen und Toben, wie bei Tobsüchtigen waren diese Ausbrüche bei der Familie, und sie hiess tatsächlich Wütherich. Nach der Scheidung war nur noch Furrer angeschrieben, aber Verena behielt den Namen des Vaters, und sie glich ihm in dieser Hinsicht von Zornausbrüchen. Meine Mutter verbot mir jetzt den Umgang mit diesem Mädchen, aber ich traf sie weiterhin. Ich war jetzt in der ersten Sekundarklasse, aber sie blieb stecken in der Spez. Dass es mit ihr so weit gekommen war, kam daher, dass sie früher schon zum zweiten Mal eine Klasse wiederholen musste, dort stecken blieb, dort abermals zurückblieb, und nicht weiter promovieren konnte, vielleicht auch gar nicht wollte. Da wo sie jetzt war da fühlte sie sich am wohlsten.

Das Wunder   Dann kam für mich ein grosser Tag, ein sehr grosser, der Grösste, den ich bis jetzt hatte. Es war ein warmer Nachmittag nach vier Uhr. Die Vöglein sangen so lieblich und ich pfiff ein wenig vor mich hin. Auch ahmte ich die Vogellaute nach und dachte nichts. Da entdeckte sie mich unversehens, sie hatte mir abgepasst. Schon stand sie neben mir. Ich hatte nichts dagegen. Sie begleitete mich wieder einmal auf meinem Heimweg. Ich hatte sie immer schön rechts von mir, um mit dem rechten Auge zuerst parieren zu können. Auf keinen Fall durfte sie sehen, dass ich schielte, das konnte sie nicht ertragen. Was jetzt kam ist unglaublich, aber wahr! Wir befanden uns schon nahe, etwas oberhalb von unserem Wohnblock und standen still, während wir miteinander weiterredeten und ich sie in üblicher Weise, eben schräg, durch meine Brille ansah. Da fragte sie mich etwas aufgebracht: «Schielst du eigentlich immer noch? Sieh mich einmal gerade an!» Ich wendete spontan meinen Kopf frontal zu ihr hin. Da wurde sie wütend und sagte nur:

«Zieh mal deine Brille aus, das will ich jetzt sehen!» Ich zog die Brille von meinem Gesicht und da wurde sie noch wütender und schrie: «Du schielst immer noch!» Unmittelbar darauf versetzte sie mir auf die rechte Gesichtshälfte eine knallharte Ohrfeige, sodass ich beinahe das Gleichgewicht verlor, und lachte danach höhnisch, als sie mich ansah:

«So, jetzt schielst du nicht mehr!» Sie feierte ihren höchsten Triumpf. Ich hielt meine Brille in der Hand und stotterte: «Das ist unmöglich, ist das wahr?» Sie rief: «Ja sicher, geh doch nach Hause und sieh selber in den Spiegel, dein Schielen ist weg, 'päng', auf einen Schlag!» Ich konnte es kaum glauben. Ich erinnerte mich nochmals kurz an die Ohrfeige bei den Schneeglöckchen.

«Das muss ich sehen», war das letzte was ich rausbrachte, liess sie stehen und ich rannte nach Hause. Ich stürmte das Treppenhaus hinauf, liess alle Türen hinter mir offen und stellte mich im Badezimmer vor den Spiegel. Und richtig, ich schielte nicht mehr. Das muss die Schockwirkung sein, dachte ich. Ich rannte wieder hinunter und suchte Verena, aber sie war inzwischen schon in ihre Wohnung verschwunden, ich hörte nur noch wie sie hinter der Türe kicherte.

Um die Wirkung nicht wieder sofort zu verlieren, stellte ich mich jetzt jeden Abend noch einmal vor den Spiegel, und blickte mit dem rechten, dem zwar immer noch schwächeren Auge auf nur einen Punkt. Auch nahm ich mir Objekte als Fixierpunkt für dieses Auge vor, und übte weiter, noch eine ganze Weile. Aber es war überstanden. Das Schielen war fortan weg, und ich musste auch nicht mehr üben. Bald darauf konnte ich ohne Brille umhergehen, ich hatte nichts mehr zu befürchten.

Heute erkläre ich mir das so: Durch den Schock wurde der Sehmuskel, der bis anhin zu kurz war, augenblicklich gedehnt, und da dieser ja auch schwächer war, konnte ich ihn durch weiteres

Training stärken. Leider konnte ich ihr nie ge-bührend danken, aber ihr Erfolg belohnte sie ge-nug, sie war netter zu mir und sprach das Thema nie mehr an. Das dumme, gute Mädchen wurde mein bester Augenarzt. Ich hätte auf der ganzen Welt keinen besseren finden können! Später, als wir erwachsen wurden, erfuhr ich, dass sie Ge-rantin eines guten Wirtslokals geworden war. Unsere Wege waren in eine andere Richtung ge-gangen und wir sahen uns nie wieder, ich konnte sie bei ihrem Mädchennamen nicht mehr finden, weil sie vermutlich geheiratet hatte.

Inhaltsverzeichnis Seite

IMAGINATION 1

1. Nichtschwimmer
2. Die Schwimmschüler
3. Die gespielte Katalepsie
4. Flugtraum
5. Die Feuerprobe, Nachwort

DER KLINIK-PRIESTER 31

1. Besuch vom Priester
2. Gottesvertrauen
3. Die gute Bekannte
4. In der Sakristei
5. Gespräche, supertheologisch
6. Die Rache
7. Auf Beobachtungsposten
8. Rauch in der Sakristei
9. Samstag, Besuchstag

TELEPATHIE 69

1. Vorwort, Der Kiosk
2. Der Tick
3. Träume
4. Nirvana

	Seite
DER MUSTERSCHÜLER	85

1. Die Entdeckung
2. Die Erinnerung
3. Segelregatten

| DAS AUGENWUNDER | 97 |

1. Die Leidenszeit
2. Das Wunder

Quellennachweis:

Fotos Seite 57-58 stammen aus dem Buch das ich besitze:

«Da steht ein grosses JA vor mir». ©Verlag Jung und Jung, Salzburg Wien. Zu einer Installation mit bandagiertem Christus, in der Kirche Tuttlingen, DE,
von **Margaret Marquard-Hess**. Sie hat ihr Atelier in Zürich und ist die Tochter meiner Cousine väterlicherseits. Sie ist im Besitz dieser Fotos.

Bisher In BoD erschienen:

- Der Musiker und seine Begleitung
- Alles ist schwer
- Die Jukebox
- Schwester Adelheid (2019)
- Imagination (2019)

Schriftsatz:

Microsoft Word: Calibri Textkörper, 12°

Scans: Hewlett Packard

Illustrationen total 24, davon
Zeichnungen: schwarz 12- Color 10, Foto 2